ESTEBAN NAVARRO nace en Moratalla (Murcia) en el año 1965. En la actualidad vive en Huesca, lugar al que se siente muy vinculado. Ha sido el organizador de las dos primeras ediciones del concurso literario Policía y Cultura a nivel nacional y ha escrito diversos artículos de prensa. Ha obtenido también numerosos premios literarios de relato corto, así como el I Premio de Novela Corta Katharsis por *El Reactor de Bering* y el I Premio del Certamen de Novela San Bartolomé La Balsa de Piedra-Saramago con *El buen padre* (B de Bolsillo, 2016). Su novela *La casa de enfrente* (Ediciones B, 2012) ha sido un éxito de crítica y ventas tanto en su edición digital como en papel, y a ella han seguido, también con gran éxito, la presente *Los ojos del escritor* y *Los fresones rojos* (B de Bolsillo, 2014), así como *La noche de los peones* (Ediciones B, 2013), *Los crímenes del abecedario* (Ediciones B, 2014), *Diez días de julio* (B de Bolsillo, 2015) y *La puerta vacía* (Ediciones B, 2015).

www.estebannavarro.es
Facebook: www.facebook.com/esteban.navarro.soriano 65
Twitter: twitter.com/EstebanNavarroS

1.ª edición: noviembre, 2016

© Esteban Navarro, 2012
© Ediciones B, S. A., 2016
    para el sello B de Bolsillo
    Consell de Cent, 425-427 – 08009 Barcelona (España)
    www.edicionesb.com

Printed in Spain
ISBN: 978-84-9070-308-3
DL B 18931-2016

Impreso por NOVOPRINT
            Energía, 53
            08740 Sant Andreu de la Barca - Barcelona

Los ojos del escritor

ESTEBAN NAVARRO

A Ester y Raúl, como siempre

1

Anochecía en la calle Velero de Blanes. Un cielo plomizo y cargado de nubes grises y azuladas entristecía las fachadas de los edificios. A través de la persiana entreabierta de su despacho, el escritor León Acebedo apoyó sus ojos sobre un coche de color rojo que había parado en el semáforo que los empleados del Ayuntamiento habían plantado un mes antes, justo enfrente de su ventana. A esa distancia le costaba ver con precisión. Primero guiñó el ojo derecho y se fio del izquierdo, pero a pesar del esfuerzo y del pestañeo constante no acertaba a dar con la combinación de la matrícula de ese vehículo. Desde la ventana hasta el semáforo apenas había veinte metros de distancia, pero la poca claridad de la calle, ya eran casi las nueve de la noche, dificultaba que pudiese ver en condiciones óptimas. Después repitió la operación con el otro ojo, esta vez guiñó el izquierdo y forzó el derecho. El resultado fue peor de lo esperado, con ese ojo apenas veía nada. La matrícula del coche rojo se había convertido en una ancha línea negra y difusa.

—Hay que joderse —dijo en voz alta.

En la soledad de su despacho, y ajeno a lo que estaba ocurriendo en la calle, comenzó a practicar su visión con los libros de la estantería. Primero observó los cantos de las enciclopedias que había en el primer estante, el más próximo a la mesa de su escritorio. Con ambos ojos no tuvo tanta dificultad, pero él ya se sabía de memoria los títulos y no le fue difícil averiguar qué es lo que ponía en cada uno de los lomos de los libros. Encendió la lámpara del techo. Dos bombillas muy luminosas aporrearon con furia toda la librería que había a su espalda. Se giró acelerado y posó los ojos en todos los libros a la vez. Repasó de un lado hacia otro los cantos y quiso leer los títulos o los nombres de los autores. No hubo forma; definitivamente estaba perdiendo la visión a marchas forzadas. La ceguera esporádica que lo asaltaba caprichosamente había resurgido en el lóbrego anochecer del lunes siete de junio.

En la calle, frente al semáforo, seguía el coche parado, y los otros coches que circulaban detrás habían comenzado una estruendosa serenata de bocinas, alertando al conductor para que siguiera la marcha. Algún impaciente asomó la cabeza por la ventanilla y lo increpó con frases del estilo:

«¡Arranca ya, payaso!»

Otros conductores, más respetuosos, se asomaron a las ventanillas de sus vehículos con el ademán de averiguar qué es lo que estaba pasando en el semáforo. Y en la acera de enfrente estaba ese hombre con el perro. Era un beagle y correteaba por entre las farolas mordisqueando una pequeña pelota de goma. Su dueño, un esbelto hombre maduro de mirada sonriente, no cejaba de mirar hacia el coche.

León Acebedo observó, desde la ventana de su estudio, cómo un hombre alto y fornido y vistiendo uniforme azul, que enseguida supo que era policía, se acercaba desde la acera de enfrente y cruzaba la calle, sujetándose la pistola con la mano derecha, temiendo que se le fuese a caer al suelo. El agente se aproximó hasta la ventana derecha del coche rojo y por el hueco entreabierto metió la mano como si quisiera coger algo; aunque el escritor no distinguió qué. El policía abrió y cerró la mano varias veces y se retiró espasmódico. Extrajo la emisora de la cintura y comenzó a hablar por ella. Desde su posición, el escritor solamente oyó los chasquidos entrecortados del pitido característico de la emisora de la policía. El agente estaba dando un comunicado.

León Acebedo forzó la vista todo lo que pudo, pero dentro del coche rojo del semáforo no había nadie, solamente una nube gris que lo difuminaba todo por completo.

Varios transeúntes se arremolinaron alrededor del agente de policía y clavaron sus ojos en el interior del coche. Parecía como si estuvieran viendo algo digno de ser admirado. El escritor no distinguió los rostros de la congregación, pero sí vio sus bocas entreabiertas. Estaban hablando entre ellos y murmuraban. Hechizados por lo que estaba ocurriendo en el interior del coche rojo.

En apenas unos minutos llegaron más agentes de policía hasta el semáforo. Detrás de ellos hizo acto de presencia una ambulancia, que atolondró el cielo con los rugidos de la sirena e iluminó las fachadas de la calle con un haz de luz intermitente de color naranja. León Acebedo estuvo tentado de vestirse y salir a la calle a ver de cerca qué es lo que estaba ocurriendo en el semáforo que cada día cruzaba para ir a comprar el periódico y el pan. Pero pensó que esa acción era vulgar y previsible. Ya se enteraría al día siguiente de lo ocurrido con ese coche rojo, vacío. Incluso le pareció reconocer, entre la muchedumbre, a uno de los vecinos del primero, ese que cada día salía un par de veces a pasear al perro, así que se dijo que cuando lo viera al día siguiente le preguntaría qué es lo que había ocurrido con el conductor de ese coche y por qué lo dejó abandonado frente al semáforo.

Se acordó de que en un cajón de su escritorio tenía unos prismáticos pequeños, que adquirió en una tienda de objetos de regalo del paseo marítimo, y que utilizó en alguna ocasión cuando salió a la montaña o incluso cuando quiso otear el horizonte marino, desde el punto más alejado del paseo de la Maestranza. Abrió el cajón y sacó los prismáticos que estaban enfundados en una carcasa de plástico negro, algo rayada por el uso. Deshiló el cordón que los envolvía y se acercó hasta la ventana de su despacho con el convencimiento de que ahora sí que podría ver lo que tanto atraía a los peatones de su calle.

Varios policías desviaban el tráfico, pues el coche rojo seguía parado en el mismo sitio. El escritor, buscando alguna lógica a esa situación, llegó a pensar que algún motivo llevaría a los policías a no retirar el coche de en medio de la calle y dejar que los otros coches circularan con fluidez. Aparentemente todo hacía pensar que el vehículo estaba averiado. Quizá su conductor fue a buscar a un mecánico o a dar aviso a una grúa.

Dos enfermeros de la ambulancia, vestidos con batas blancas, habían comenzado a extraer una camilla, y uno de ellos llevaba un pesado maletín negro, que casi arrastraba por el suelo. El escritor observó, a través de los prismáticos, el interior del coche y lo siguió viendo vacío. Allí no había nadie, ni nada. Quizá lo que el público apretujado alrededor estaba viendo era un bebé. Sí, un niño tan pequeño que dificultaba que el escritor pudiese verlo desde su posición, desde su ventana. «Si no, por qué ha llegado la ambulancia», pensó. Ajustó la rueda de los prismáticos buscando la mejor visibilidad posible. Estos actuaban como lentes graduadas y mejoraban la calidad de la vista del escritor, que por momentos se estaba quedando ciego.

Dada la hora que era, las farolas de la calle se encendieron con un restallido, que poco a poco se fue incrementando hasta alcanzar una luminosidad completa. Esa luz artificial no ayudó a la visión de León Acebedo, ya que en la calle Velero se crearon sombras tenebrosas que aportaron más lobreguez y misterio a todo lo que estaba ocurriendo alrededor del coche rojo y la ausencia de su ocupante.

El rostro de los presentes no era muy halagüeño. Algo había pasado. Algo dibujó muecas de disgusto. Los policías empezaron a hablar por las emisoras de forma apresurada. Uno de ellos se separó del resto y estuvo dando un comunicado largo. Los de la ambulancia se relajaron, como el que sale de un examen y ya nada puede hacer por corregir las respuestas que sabe que puso mal.

De un coche pequeño y blanco, con letras pintadas

en una de las puertas, se bajó un hombre, elegantemente vestido con un traje azul marino, y se acercó hasta el coche rojo. Ese hombre era una autoridad, pues todos le dejaron paso y se apartaron como las aguas del mar Rojo a la llegada de Moisés. El hombre se aproximó hasta el coche y abrió la puerta. Del bolsillo de su chaqueta extrajo un estetoscopio.

El escritor cerró y abrió varias veces los ojos. Pestañeó tantas veces que le empezaron a doler los párpados. Después volvió a mirar a través de los prismáticos. Estaba decidido a ver qué es lo que estaba ocurriendo en el semáforo. Los policías habían ampliado un cerco alrededor del coche rojo y evitaban, con ambas manos, que la gente se acercara. Un agente se puso frente al semáforo y obligaba con pitidos y movimientos espasmódicos a que los otros conductores siguieran la marcha, sin entretenerse a curiosear.

Y entonces fue cuando el escritor se asustó al ver con nitidez el interior del coche del semáforo. Allí había un cadáver. Estaba sentado en el lugar del conductor y con las manos agarraba con fuerza el volante, como si no quisiera que se lo robaran. Era un varón, según pudo distinguir por el corte de pelo y por el grosor de sus muñecas. Su cabeza estaba metida en medio del volante, donde, de haber estado el claxon, no hubiera dejado de sonar; aunque ese modelo de vehículo tenía la bocina en la palanca de los intermitentes. No se veía un hombre mayor; aunque sí grueso de aspecto. Se fijó el escritor, gracias a los prismáticos que le ayudaban a forzar la visión, que ese hombre tenía un anillo en el dedo anular de la mano izquierda, seguramente estaba casado.

El hombre del traje azul, y que seguramente sería médico, sacó medio cuerpo del interior del coche con una mueca que le indicó a todos los presentes que el conductor del coche rojo había fallecido. El escritor se preguntó dónde estaba antes ese hombre. Durante unos instantes solamente observó un coche vacío. Carente de vida. Un coche aparcado delante del semáforo, cuyos colores iban cambiando del verde al ámbar y luego al rojo. Un semáforo que daba paso a un coche vacío de toda existencia. Un vehículo inanimado.

El escritor buscó una explicación lógica que le dijese a su consciente qué es lo que había ocurrido. Seguramente el conductor siempre estuvo allí, sentado al volante, marchitándose su vida de forma estentórea, al compás de los colores del semáforo. Pero él no lo vio por la falta de vista que se acentuaba por momentos y luego por la distracción, una vez utilizó los prismáticos, de los policías y los peatones que revoloteaban alrededor del coche rojo. Su mente, quiso convencerse, había inadvertido al conductor del coche durante todo el rato, como si nunca hubiera existido, como si ya hubiese muerto hacía miles de años y su cuerpo se hubiera evaporado por completo y hubiese regresado al barro de donde salió.

Y cuando guardó los prismáticos dentro del cajón de donde los había sacado, se dio cuenta de que había recuperado la visión. Desde el lateral de la mesa de su escritorio ya pudo leer el canto de los libros de la estantería.

2

Cristina Amaya había llegado hacía muy pocos días a Blanes proveniente de Barcelona. Le pareció a la joven, de padres andaluces y criada en Cataluña, que Blanes contaba con un encanto especial, tal y como correspondía a los pueblos de la Costa Brava. Hacía ya tiempo que rondaba por su cabeza la posibilidad de trasladarse hasta allí, pero no quería dejar sola a su madre en la jungla barcelonesa y esperó a que pasaran las Navidades para convencerla de que se viniera con ella. No fue así, la señora Viviana Baeza, era fiel a su pequeño piso de Barcelona y no quería marcharse por nada del mundo.

—Allí empezaremos una nueva vida —le dijo para persuadirla de que en Blanes serían felices.

El padre de Cristina había fallecido en noviembre a causa del cáncer de colon que arrastró durante todo ese año. Y a pesar de que no fue un buen marido, ni un buen padre, su ausencia dejó carencias económicas en la familia Amaya. El piso que tenían en la calle Bac de

Roda de Barcelona lo habían comprado en los años ochenta, y ya estaba sobradamente pagado, pero necesitaba de arreglos y reformas que la señora Viviana no podía costear.

Cristina Amaya alquiló un pequeño apartamento en la calle Velero de Blanes. Era un bloque nuevo que se terminó de construir en febrero y que estaba destinado a veraneantes. El precio por meses era muy elevado, pero Cristina negoció con el promotor el alquiler de un año y el consiguiente abaratamiento del precio. Concretaron que cada final de mes haría una transferencia con el importe, incluidos los gastos de escalera y garaje.

El mes anterior estuvo viajando desde Barcelona, al menos una vez a la semana, dedicándose a buscar trabajo por la zona. Primero empezó por Blanes, y al no encontrar ningún empleo, comenzó a buscar por Lloret y Malgrat. Pero no tuvo suerte en ninguno de los sitios en los que se personó. Tan solo le dieron esperanzas de cara a los meses de verano, en la temporada alta, y en el sector de la hostelería; donde más demanda había. En varios bares anotaron sus datos y un teléfono de contacto y le dijeron que se volviera a pasar a primeros de junio y que ya le dirían algo a partir de ese mes.

El currículum de Cristina era abultado. Con treinta años había terminado infinidad de cursos y hablaba con soltura el francés y el inglés. Estuvo trabajando a tiempo parcial en varias empresas de la Ciudad Condal como secretaria de dirección y durante dos años fue empleada en los *stands* de la feria de Barcelona como chica objeto, como ella solía decir. Allí la contrataban más por su aspecto físico que por sus cualidades como vendedora. Cristina era resultona. Agraciada físicamente, tenía una esplendorosa cabellera pelirroja y una moteada piel blanquecina que embelesaba a los hombres. Durante los años de la feria tuvo que soportar, con estoicismo, las insinuaciones de los directivos que siempre la quisieron llevar como acompañante a cenas y a supuestos viajes a Madrid, con la excusa de trabajar para ellos. Pero Cristina sabía de sobra qué era lo que esos hombres buscaban de ella.

En Blanes quiso iniciar una nueva vida, lejos del bullicio de Barcelona. Se esforzó en convencer a su madre para que fuesen las dos juntas, pero la señora Viviana no quiso alejarse de su piso de la calle Bac de Roda, donde había vivido un martirio, ya olvidado, con su marido, Ramón Amaya, quien siempre la trató como un despojo y donde los insultos y desprecios fueron constantes.

Cristina tenía algunos ahorros de los últimos trabajos, consistentes en finiquitos paupérrimos, pero la chica tan solo gastaba en ropa y algún fin de semana que salió por la noche y se limitó a cenar una pizza y a tomar un cubata, así que aún le sobraba dinero. Esos ahorros solamente le ayudarían a subsistir en Blanes un par de meses a lo sumo, descontando el precio del alquiler del piso y algún gasto extra que la pudiera sorprender.

En Barcelona apenas conservaba amigas y novios. Hacía ya años que se había ido desprendiendo de cualquier lastre que la mantuviera atada a su pasado. Cristina siempre estaba huyendo de no sabía qué. Seguramente de la convivencia atormentada que tuvo con sus padres, especialmente con Ramón Amaya y el incomprensible acatamiento de su madre, Viviana Baeza, que siempre justificó, a su manera, el carácter de su marido.

Los Amaya habían emigrado de Granada a finales de los setenta. Su única hija nació en el piso de Barcelona y nunca fue a la tierra de sus padres; aunque sí oyó hablar mucho de ella. Como buenos emigrantes siempre hablaban de las cosas buenas de Granada y de lo mucho que la echaban de menos, pero reconocían que Barcelona era ciudad de oportunidades. Ramón Amaya se empleó en la construcción y Viviana Baeza ayudó a la economía familiar limpiando casas en la zona de la Diagonal y trabajando en la economía sumergida del textil, ya que en el piso de Bac de Roda cosía peleles de niños que le entregaba un repartidor los lunes y recogía los viernes.

Los Amaya vivieron los años buenos de la economía barcelonesa y consiguieron pagar las mensualidades del piso y comprar un coche nuevo. Para el resto de vecinos eran unos inmigrantes más venidos de Andalucía, pero dentro del piso de la calle Bac de Roda ocurrían cosas que nadie podía imaginar. Sí que es cierto que los vecinos se quejaban del mal carácter de Ramón, sobre todo cuando llegaba cansado de trabajar la noche del viernes y se había entretenido a tomar unas cervezas en el bar de la esquina. Esas noches discutía con Viviana con cualquier excusa y la buena mujer se había llevado alguna que otra bofetada, ante la cada vez más acostumbrada mirada de su hija Cristina.

—Cuando llegue a casa, la niña tiene que estar durmiendo —le decía vociferando.

Entonces Viviana cogía en brazos a Cristina y la llevaba hasta su cuarto.

—A dormir, mi niña —le decía mientras la tapaba.

Ella, que apenas contaba cinco años, oía cómo su madre se quejaba del mal carácter de su marido, pero este, lejos de hacerle caso, la empujaba hasta la habitación de matrimonio y la tiraba de un golpazo sobre la cama. Después, pasados unos minutos, mientras Ramón roncaba, Viviana se duchaba y Cristina podía escuchar cómo su madre lloraba.

3

Moisés Guzmán había comprado el piso de la calle Velero de Blanes el verano anterior. En junio cumplió los cincuenta y cinco años y, aunque en el trabajo le ofrecieron la posibilidad de quedarse hasta los sesenta y cinco, pensó Moisés que con treinta años de servicio ya era más que suficiente para disfrutar de una merecida prejubilación. La localidad gerundense de Blanes le pareció un buen sitio para pasar el verano e incluso algunos fines de semana del largo invierno. Optó por una vivienda grande y acomodada, ya que aún no había decidido el tiempo que pasaría allí. El piso lo decoró con muebles comprados en las tiendas del pueblo y se hizo traer una librería desde Girona. En la terraza, enorme, colocó una barbacoa aprovechando la preinstalación que hizo el constructor, con la finalidad de agasajar a sus invitados, en el caso de que vinieran a verlo; aunque era Moisés Guzmán hombre solitario y de pocos amigos.

—¿Qué se te ha perdido a ti en Blanes? —le preguntó un compañero, más joven que él, de la comisaría de Huesca.

—Lo mismo que aquí —respondió airoso Moisés Guzmán.

En Blanes tendría playa y montaña. Barcelona y Girona lo suficientemente cerca como para poder ir a menudo. La frontera francesa a un paso. Y estaría lejos de Madrid y Huesca, sus últimos destinos como policía. Pensaba Moisés que si se retiraba de la profesión de policía y se quedaba en el mismo lugar donde había estado ejerciendo todos estos últimos años no distinguiría su nueva situación.

—Pero... ¿vendrás a vernos? —le preguntó el jefe de la policía judicial de Huesca.

—Claro —replicó él, no muy convencido.

—¡Qué jodido! —exclamó—. Blanes, Blanes. Si allí no hay nada en invierno. Ya verás cuando llegue septiembre como regresas a tu Huesca.

El bloque de pisos de la calle Velero de Blanes estaba tocando con la calle Mas Florit, que a su vez desembocaba en el acceso a la carretera de la Costa Brava. Era un bloque de solo tres alturas y Moisés escogió, ya que tuvo opción a hacerlo, el último piso, el que hacía esquina. No quería tener vecinos que lo molestaran en la planta de arriba. El trato lo cerró con el propio constructor, ya que la crisis del sector había eliminado intermediarios en la compra-venta. El precio le pareció aceptable, y como no suponía un descalabro económico importante, pudo seguir conservando el piso de Huesca, ya que aún no tenía decidido si se quedaría en Blanes, si regresaría a Huesca algún día, o como hacían los adinerados: viviría a caballo entre Huesca y Blanes.

Cuando el piso estuvo amueblado se desplazó hasta Blanes el primer fin de semana que no llovió. Ese mes de mayo había sido excepcionalmente pluvioso y perjudicó a los libreros de Huesca que no pudieron hacer una feria del libro en condiciones. En la agenda de firmas hubo muchas ausencias de escritores que no se personaron. Moisés Guzmán era lector apasionado de todo tipo de novelas, pero especialmente las policiacas. Sentía una predilección por la narrativa negra y por eso le afectó la lluvia de Huesca y la ausencia de determinados escritores a los que esperaba para que le firmaran sus novelas.

A finales del mes de mayo, y con la feria a punto de terminar, la lluvia dio un respiro y el telediario informó que sería un verano seco y caluroso. Moisés Guzmán aprovechó para viajar hasta su piso de Blanes y pasar el primer fin de semana en su nueva casa. A mediados de junio tendría que firmar los papeles de la segunda actividad y ya nunca más pisaría la comisaría. Entregaría su arma y el carné de policía se lo cambiarían por otro donde indicaría su nueva situación administrativa.

El piso lo halló confortable y silencioso, prácticamente las dos cualidades que más esperaba encontrar. Bien situado, ya que la calle Velero se encontraba muy próxima a la carretera de la Costa Brava, pero lo suficientemente lejos como para que no llegara el ruido de los coches. Caminando, apenas estaba a veinte minutos de la playa más cercana. En coche podía llegar a Girona en cuarenta minutos y, en apenas una hora, a Barcelona. Algunos de los compañeros de la comisaría le hicieron bromas con el asunto de las prostitutas, ya que la zona era muy prolífica en prostíbulos de carretera, sobretodo la carretera de Hostalric, que estaba a una distancia de media hora en coche desde Blanes. El hecho de que Moisés fuese soltero y tuviera ya los cincuenta y cinco años cumplidos era motivo de mofa entre los policías más jóvenes. En la cena de despedida, celebrada en el mes de abril en un restaurante conocido de Huesca, asistieron casi cincuenta policías de las distintas brigadas, y entre los obsequios que le hicieron los compañeros había una vagina de látex, adquirida en una tienda de artículos de sexo de Zaragoza. También le compraron entre todos un reloj, una estilográfica y le confeccionaron una placa conmemorativa de recuerdo.

La semana anterior al viaje de Blanes, Moisés se hizo un riguroso chequeo médico, ya que estaba decidido a ir a correr cada día al campo. A siete minutos del piso de la calle Velero había un trozo de monte frondoso ribeteado con una serie de caminos, que los lugareños utilizaban para hacer deporte. La planificación ya estaba hecha. Moisés iría cada mañana a correr media hora por el bosque, desayunaría comedidamente y luego se acercaría a la playa hasta la hora de comer. No se expondría excesivamente al sol, ya que su piel era blanquecina y corría el riesgo de quemarse. Las tardes empezarían con una prolongada siesta, lectura, paseo por la zona comercial de Blanes, televisión... y a dormir. Moisés no aspiraba a nada más. Atrás, en el olvido, quedaron las interminables noches de servicio en la comisaría de Huesca. Los fines de semana agotadores. Las tediosas mañanas de domingo. En Blanes todo sería distinto.

4

El escritor León Acebedo recordó que la pérdida parcial de visión había comenzado años atrás, cuando conoció a María Antonia. Entonces, León estaba lleno de expectativas y soñaba con que sus libros se convertirían en auténticos best sellers y se venderían por doquier. Incluso en más de una ocasión imaginó que se traducirían a varios idiomas. Pero ahora, con setenta años cumplidos hacía dos semanas, había perdido la posibilidad de que esas quimeras de juventud llegasen a materializarse en una realidad. De aspecto enjuto y demacrado, su tez se había tornado rojiza, perdiendo la palidez característica de la juventud. Su barba se había vuelto completamente blanca, contrastando con el pelo gris y lacio, peinado hacia atrás para cubrir la incipiente calva que se iniciaba en la coronilla. Le costaba sobremanera mantenerse erguido completamente, algo que controlaba conforme pasaba delante de los escaparates de las tiendas de la calle comercial de Blanes. Allí observaba su silueta recortándose a través de las cristaleras de las galerías. Un perfil delgado y alargado, ligeramente torcido. Setenta años de casuística aplicada. Su vida a retazos. Su mujer lo dejó hacía quince años, cuando ambos contaban los cincuenta y cinco. Treinta años de planes y proyectos, desde que se casaron a los veinticinco. Treinta años de ilusiones, de terrenos labrados, de cuándo seamos mayores haremos esto y lo otro y aquello y lo de más allá. Treinta años perdidos en croquis de un futuro incierto. María Antonia sucumbió a la muerte cuando vino de sopetón a visitarla una tarde otoñal. Una tarde de hojarascas secas esparciéndose por el parque y abofeteando las fachadas de la casa que se compraron en Valencia, a golpe de carencias, en la avenida que los presentó. La muerte llegó en forma de cáncer de páncreas. Llegó rápido y se marchó llevándose a María Antonia y dejando una estela de desolación, como si un tornado le hubiera arrancado al escritor la poca vida que hubiera podido tener. Sin hijos, unos varicoceles operados demasiado tarde no les permitieron a los Acebedo tener descendencia. «¿Y una niña china adoptada?», le dijo ella. «Ya somos mayores para eso», replicó él. Sin hijos, sin familia, sin nadie, León Acebedo solamente podía sentarse en su despacho de la calle Velero de Blanes a esperar que la misma muerte que vino a llevarse a María Antonia regresara a por él. Porque la muerte siempre nos encuentra allá donde vayamos.

Sobrevivía León a base de pequeños artículos que escribía en el periódico local y algún cuento para niños que patrocinaba la Generalitat. No tenía jubilación. Ni dinero. Y ya casi nadie compraba los únicos seis libros que escribió en toda su vida de escritor. María Antonia siempre le animó. Siempre le dijo que escribiera, que tenía madera de escritor. Pero sus novelas apenas se vendían en el pueblo y siempre fueron rechazadas por las editoriales como si estuvieran contaminadas por una especie de enfermedad maldita que alejara a los lectores de las estanterías, donde reposaban macilentas.

La primera vez que tuvo una pérdida momentánea de visión fue cuando contaba veinticinco años. Entonces aún estaba por terminar su primer libro y adquirió un miedo comprensible a perder la vista. Ese día caminaba por la calle amplia y larga que ribeteaba el parque de Valencia. Se entretenía largo tiempo en leer los carteles pegados en las farolas donde jóvenes estudiantes se ofrecían como canguros o para dar clases de inglés y francés. Leía y releía esos manuscritos, enganchados por otros tantos jóvenes que como él buscaban un sobresueldo que les permitiera pagarse los estudios, con la intención de confeccionar el suyo propio. Siempre comenzaban igual, un texto de apenas dos o tres líneas donde se ofrecía un servicio y terminaban con un teléfono remarcado en negrita. En uno de esos letreros solamente vio cinco líneas negras y anchas, sin letras ni números. Creyó que la lluvia los había borrado o que alguien los había tachado para inutilizarlos. Parpadeó varias veces y se restregó los ojos buscando un escozor que le indicara que su vista había retomado la percepción del mundo. Finalmente achacó la pérdida momentánea de visión a una migraña pasajera o a un exceso de cansancio o a un repentino desvanecimiento de su nervio óptico. Siguió caminando y no tuvo problemas para leer el resto de letreros que se secaban adheridos a las otras farolas. Ni siquiera visitó al médico en aquella ocasión.

Las pérdidas de visión eran intermitentes y se producían sin causa justificada alguna. Así León Acebedo nunca llegó a concretar en qué momento se le iba la vista. Y eso que durante una buena temporada de su mocedad se llegó a convertir en un auténtico dolor de cabeza para él. Siempre se iniciaba con un oscurecimiento parcial de los márgenes del ojo. Como si un círculo negro se fuese cerrando alrededor de la imagen y la oprimiera acorralándola en el centro. Después, en apenas unos minutos, recuperaba la visión de improviso. En los soleados días de verano, la retina le quedaba dolorida durante un buen rato después de recuperar la visión, ya que el exceso de luz, aporreando sus ojos, los dañaba.

El día que murió María Antonia tuvo una ceguera distinta, como no había tenido antes. Su mujer estaba postrada en la cama del piso de Valencia, ya que los médicos hacía una semana que la habían mandado a casa. Ya no había nada que hacer. María Antonia era una mujer fuerte y soportaba con estoicismo su enfermedad, ella sabía que no le quedaba mucho. Le apenaba dejar solo a su esposo, el escritor León Acebedo, ya que ella siempre fue su guía y su luz, como alguna vez había dicho él mismo. En una de las ocasiones que León entró en la habitación de matrimonio no vio a su mujer en la cama. Se le hizo extraño que se hubiera levantado por su propio pie, ya que la enfermedad le impedía esa autonomía. León miró en el interior del cuarto de baño, pero ella no estaba allí. Ni en el comedor, ni siquiera en el balcón, donde a veces salía a coger aire. Desesperado la buscó por todo el piso sin hallarla. Pero ella estaba allí, languidecida sobre la cama, observando a su marido cómo recorría cada uno de los rincones del piso, buscándola. Apenas podía musitar palabra alguna. Quería decirle que estaba allí, recostada.

Cuando León Acebedo terminó de recorrer el interior del piso volvió a entrar en la habitación de matrimonio y vio a María Antonia tumbada en la cama, tal y como había estado esa misma mañana. Se acercó hasta ella y posó su mano en la frente. Estaba fría, inerte. Los ojos cerrados y los labios ligeramente apretados, como si hubiese querido enmudecer para siempre. El escritor se echó a llorar.

5

La primera semana de junio, Cristina Amaya aún no había recibido ninguna llamada de la docena de lugares donde dejó su currículum. Estuvo en varios bares del paseo marítimo, en dos discotecas de Lloret de Mar, en un restaurante de Girona y en alguna tienda de la zona comercial de Blanes. Y siempre recibía la misma respuesta: «Pásate a principios de junio y ya te diremos algo.» Su cuenta corriente menguaba y necesitaba azarosamente encontrar trabajo. Solamente en un bar de copas del Passeig Pau Casals le habían tomado los datos y le aseguraron que a partir del quince de junio la podían contratar por espacio de tres meses, hasta el quince de septiembre, como camarera. El bar se llamaba Caprichos, y era lo más parecido a un *after hour*, es decir, un bar que realmente funcionaba cuando los demás bares cerraban.

El once de junio, siendo viernes, Cristina se acercó hasta la puerta del bar y pidió hablar con el dueño.

—¿Está Adolfo? —preguntó a una chica de aspecto latino que recogía vasos de una mesa.

La chica la miró con indiferencia y le dijo:

—Adolfo llega más tarde.

Su acento era marcadamente sudamericano. Tiempo después Cristina supo que esa chica llevaba varios años viviendo en España y que era originaria de Ecuador.

Un grupo de barrenderos se esforzaban por adecentar la calle y recogían colillas, vasos de cristal rotos y botellas de cerveza que adornaban los márgenes de la acera. Cristina tuvo que apartarse cuando pasó una máquina esparciendo agua y rotando unos rodillos que arrancaban la suciedad. Se retiró a una zona de árboles, donde decidió esperar a que regresara el dueño del Caprichos, al que conocía de haberlo visto días antes cuando fue a pedirle trabajo.

El sol había comenzado a calentar el cielo de Blanes y el telediario ya dijo, esa semana, que sería un verano caluroso, algo que alegraba a los hosteleros sobremanera.

Cristina se sentó en uno de los bancos del paseo y extrajo un libro de su bolso con la intención de hacer tiempo leyendo hasta que llegara el señor Adolfo. Era una novela de bolsillo que compró en un quiosco de la estación de tren de Barcelona. Mientras leía, de vez en cuando levantaba la vista y fijaba la mirada en la puerta del bar Caprichos, que estaba a una distancia de apenas diez metros, al otro lado de la calle. La chica sudamericana había terminado de limpiar las mesas y llenó un cubo de agua que sacó hasta la puerta del bar. Se dispuso a fregar el suelo.

Siendo casi las once de la mañana aparcó delante del

bar un coche de color plata y Cristina vio cómo se bajó el señor Adolfo. Lo recordaba de haberlo visto apenas hacía dos semanas cuando habló con él para pedirle trabajo. Era un cincuentón de aspecto cuidado; aunque algo barrigón, que disimulaba una prominente calva con un pelo largo y rizado en la nuca. Nada más aparcar el coche, abrió el maletero y sacó unas cajas de güisqui y varias bolsas de hielo. El señor Adolfo estaba reponiendo género en el bar.

Cristina guardó el libro en el bolso y se puso en pie, dispuesta a encaminarse hacia el bar. Allí esperaba abordar al dueño y refrescarle la memoria referente a la oferta de trabajo que le había hecho días atrás. Aún ignoraba qué es lo que tendría que hacer. Esperaba que no fuese el trabajo de la chica sudamericana; no le importaba tener que limpiar, pero prefería hacer otras cosas.

—Hola —le dijo cuando estuvo ante él.

Adolfo la miró con cortesía.

—Hola —respondió mientras se secaba el sudor de la frente con el reverso de la palma de la mano.

—¿Se acuerda de mí?

—¿Debería?

El tono de voz de Adolfo le pareció a Cristina donjuanesco. La chica pensó que se estaba haciendo el interesante.

—Estuve hablando con usted hace una semana, más o menos, acerca de un empleo en su bar como... —pensó bien lo que iba a decir— camarera.

El señor Adolfo extrajo un cigarro de un paquete que había en el asiento del copiloto de su coche y tras balancearlo unos instantes entre los labios, lo encendió dando una prolongada bocanada.

—Ah, ya recuerdo —dijo—. Sí, por supuesto. ¿Eres andaluza?

—No, bueno sí.

—¿En qué quedamos?

Pese a llevar toda la vida en Barcelona, Cristina no podía disimular su acento andaluz, contagiado por sus padres.

—Soy de origen granadino, pero me he criado en Barcelona.

—Entiendo —dijo Adolfo.

Ella sonrió queriendo parecer agradable.

—Las mujeres granadinas son de las más guapas de España.

Cristina sabía que eso se decía de las cordobesas, pero pensó que el señor Adolfo solamente quería ser cortés con ella.

—Estuve hablando con usted hace unos días y me dijo que me podría emplear como camarera en su bar.

—Ya recuerdo —afirmó Adolfo—. Hemos tenido un mes de mayo muy malo, pero ahora parece que empieza a animarse esto —dijo, señalando la puerta del bar con la barbilla—. ¿Cuándo podrías empezar?

—¡Ya! —respondió, sin dilación, Cristina.

—Necesito alguna documentación —le dijo Adolfo—. Tendrás que traerme una copia de tu Documento Nacional de Identidad, un certificado de antecedentes penales y la cartilla de la Seguridad Social para hacerte el contrato. Tres meses —dijo a continuación.

Cristina estuvo tentada de preguntarle el sueldo y

la tarea que tendría que realizar, pero ya supuso que sería de camarera y lo del dinero era lo de menos, dada su situación.

—Lo llevo todo encima —dijo ella mientras abría su bolso y extraía un sobre con varios papeles dentro.

—Déjamelo todo —dijo Adolfo—. Y pásate el martes por la mañana. Mirella —dijo, señalando a la chica que estaba terminando de fregar la entrada del bar— te explicará cuál será tu tarea.

Mirella Rosales era una chica de origen ecuatoriano que llevaba diez años en España y se había empleado los tres últimos veranos en el bar Caprichos de Blanes. Al oír su nombre levantó la vista por encima del palo de la fregona y sonrió al señor Adolfo con mordacidad. Cristina Amaya fingió no darse cuenta.

—¿Tienes experiencia como camarera? —le preguntó Adolfo a Cristina mientras resbalaba los ojos por su cintura.

Cristina Amaya vestía un escotado suéter de color fucsia que dejaba a la vista el ombligo.

—En Barcelona estuve trabajando una temporada en un bar de copas.

—Aquí abrimos a las cinco de la mañana —dijo Adolfo—, y recogemos a los juerguistas que echan de las discotecas —afirmó sonriendo—. No solo servimos copas, también bocadillos. A esas horas están hambrientos.

Cristina iba a preguntar el horario y los días que tendría que trabajar a la semana, pero el señor Adolfo se avanzó a su pregunta.

—A las doce del mediodía cerramos, y tú y Mirella

os encargaréis de limpiar el local y prepararlo para el día siguiente. Se trabaja cada día, de lunes a domingo. Ya sé que es duro no tener días libres, pero en verano no me lo puedo permitir. De todas formas si algún día determinado tienes que hacer algo y necesitas librar, solamente tienes que decírmelo.

Cristina asintió con la cabeza.

—El sueldo no es malo —dijo finalmente Adolfo—. Aunque una chica como tú —aseveró, alargando la mano derecha y pellizcándole un pezón— puede ganar todo lo que se proponga.

Ella le retiró la mano con meticulosidad y, mirándole a los ojos, le dijo:

—Creo que se ha confundido conmigo.

—Te ruego que me disculpes —salió al paso Adolfo—. Solo quería ponerte a prueba. En un bar de copas como el Caprichos tendrás que aguantar a muchos clientes babosos.

Cristina ya sabía que en los bares tipo *after hour* había chicos que se propasaban con las camareras, pero ella ya sabría mantenerlos a raya. La disculpa del señor Adolfo le pareció sincera.

—No se preocupe, yo ya sé cuidar de mí misma —dijo un poco violenta por la acción del dueño del bar.

—Déjame los papeles y para el martes ya tendré hecho tu contrato. Bienvenida al Caprichos —dijo finalmente.

Cristina le estrechó la mano y se encaminó hacia el apartamento que tenía alquilado en la calle Velero.

Cuando se hubo marchado Cristina, el señor Adolfo terminó de entrar las cajas de güisqui en el interior del bar y las dejó al lado de la barra. La otra chica, Mirella Rosales, lo miró sonriendo y le preguntó:

—¿Qué te parece?

Él dejó un manojo de llaves y el teléfono móvil al lado de la caja registradora y respondió:

—Que está loca por que la follen.

Mirella soltó una carcajada.

—Con esta me parece que no tienes nada que rascar — le dijo

6

Moisés Guzmán comenzó las que serían sus primeras vacaciones fuera del Cuerpo Nacional de Policía. Era once de junio y planeaba pasar un verano intenso entre la playa y la montaña.

Esa mañana se acercó al quiosco de la calle Velero y coincidió con un hombre de edad indeterminada que estaba paseando un beagle atado con una cuerda. Fausto Anieva, según supo que se llamaba, era vecino de la calle Velero número veinte desde el año mil novecientos noventa, en que se trasladó a vivir allí proveniente de Bilbao.

Moisés compró una revista local, un diario de tirada nacional y un paquete de chicles de menta.

—¿Fumador? —le preguntó Fausto Anieva, mientras el beagle se liaba en sus piernas.

Moisés sonrió.

—Lo estoy intentando; aunque no es nada fácil.

—Todos los hombres maduros que mastican chicle son exfumadores —dijo, sonriendo.

Moisés asintió mientras envolvía la prensa y se la colocaba debajo del sobaco.

—¿Es usted nuevo? —siguió preguntando el hombre del perro.

—Hace unos días que he llegado al pueblo —respondió Moisés, terminando de pagar.

—Ya verá como le gusta. Blanes tiene un encanto especial.

Fausto Anieva era muy delgado, alto y de mirada profunda. Se veía fornido y enérgico. Toleraba con parsimonia los arranques de genio de su perro beagle que revoloteaba entre sus piernas, ansioso por salir a corretear por el campo.

—¿Estuvo la otra noche cuando murió el hombre del coche rojo? —le preguntó al policía retirado.

Moisés no sabía de qué le estaba hablando.

—¿Qué hombre? —inquirió.

—Sí, el lunes por la tarde, casi anocheciendo, un hombre se quedó muerto en ese semáforo —dijo, señalando al final de la calle.

—Vaya —exclamó Moisés—. No sabía nada.

—Sí, el hombre iba conduciendo tan tranquilo y al llegar al semáforo se quedó frito de repente.

—No sabía nada —repitió Moisés—. Yo vivo allí. —Señaló hacia el lado contrario.

—Pues dicen que tuvo un paro cardíaco —siguió hablando el hombre del perro—. Yo estaba en casa a punto de cenar y al escuchar el ruido de la ambulancia salí a la calle a curiosear. Había mucha gente.

La conversación del hombre del perro no estaba interesando a Moisés, que no sabía cómo despedirse.

—Bueno —dijo—, encantado de conocerle.

—Paro cardíaco, paro cardíaco —repitió el hombre del perro—. Todas las muertes son por paro cardíaco. Eso es una estupidez. Ese no murió así como así, ¿sabe? Era un hombre sano.

—Bueno —quiso argumentar Moisés—, para sufrir un paro cardíaco no hace falta que uno esté enfermo. Cualquiera es susceptible de sufrir una parada de corazón.

—Hummm —dudó el hombre del perro—, ese estaba más sano que usted y que yo. ¿No le parece extraño que se hubiera quedado frito en ese semáforo precisamente?

Moisés no sabía adónde quería ir a parar el hombre del perro.

—Ese semáforo es un sitio tan bueno como otro cualquiera para morir —sonrió.

—Pero... ¿de dónde venía ese hombre?

—Bueno —dijo Moisés—, me tengo que marchar. Ya hablaremos otro día.

—Ah, entiendo, le ruego que me disculpe. Cuando empiezo a hablar no termino nunca.

—No se preocupe —se justificó Moisés—, es que me están esperando.

Y viendo Moisés Guzmán que la trayectoria que llevaba ese hombre era en dirección hacia la calle de la izquierda, optó por tirar hacia el lado contrario para que no le siguiera.

—¡*Tasco*! —gritó el hombre a su perro—. Si no te portas bien no te dejaré ir al monte.

A Moisés siempre le hacían sonreír las personas que hablaban a sus animales.

—Bonito nombre —dijo, refiriéndose al nombre que el dueño le puso a su perro.

—Sí, se llamaba *Trasto*, pero un niño de la calle me preguntó un día su nombre y cuando se lo dije lo pronunció mal y le llamó *Tasco*, me pareció de lo más original y con *Tasco* se ha quedado.

Moisés no pudo evitar una carcajada mientras se alejaba.

—¿Es usted policía? —oyó a su espalda.

Se detuvo de repente y se giró en medio de la calle. ¿Cómo diantres sabía aquel hombre que él era policía?

—No se alarme —quiso tranquilizarlo el hombre del perro—. Blanes es un pueblo y todo el mundo conoce a todo el mundo. No le extrañe que todos los vecinos de la calle sepan que usted es policía.

—Retirado —afirmó Moisés.

—Policía a fin de cuentas. Un policía es policía aunque deje de serlo.

Moisés estaba dudando de si eso era bueno o malo.

—Por ejemplo —siguió con su cháchara el hombre del perro—, allí —dijo señalando con la mano— vive un escritor. Y allí —volvió a señalar a otro bloque de pisos— una chica que ha venido de Barcelona para trabajar como camarera. Allí —siguió hablando— vive...

—Está bien —lo interrumpió Moisés, que no quería ser desagradable—. Ya le he dicho que tengo cosas que hacer.

—Oh, le ruego que me disculpe por mi grosería. Tan solo quería demostrarle que Blanes es un pueblo pequeño y que todos nos conocemos, sobre todo en esta calle. Es muy corta, ¿sabe? Hay pocas viviendas.

—¿Por qué me ha preguntado si soy policía?

—Bueno..., pues porque los policías siempre quieren atrapar al asesino.

—¿Qué asesino? —se molestó Moisés.

—El que mató al conductor del coche rojo. En el semáforo.

—¿No ha dicho usted que fue por parada cardiorrespiratoria?

—Eso lo han dicho los médicos, no yo.

—Mire —insistió Moisés—, tengo que irme. De verdad. Otro día hablamos.

—Muy bien —dijo el hombre del perro—. Ya verá como usted atrapa al asesino que mató al hombre del semáforo.

Moisés se alejó caminando rápido y se perdió en las confluencias de la calle Velero con la calle Mas Florit.

7

El lunes catorce de junio un ladrido inesperado despertó al escritor León Acebedo de un sueño profundo y extraño. Estuvo inmerso en una rocambolesca historia donde unos muñecos de plástico con caras de niño lo perseguían por una playa interminable, sin que pudiese resguardarse en ningún lugar seguro. Era la primera vez que el perro del vecino del primero lo desadormecía de sopetón. Ladró varias veces seguidas y luego se calló de nuevo. Antes escuchó como su dueño lo reñía con un:

«¡Calla *Tasco*!»

Ya despierto y viendo que eran las ocho de la mañana, decidió salir a comprar la prensa y leer el periódico tranquilamente mientras tomaba un café bien cargado en su piso. Mientras se duchaba trató de recordar el sueño tan extraño que había tenido esa noche, pero ya se había olvidado de los detalles. Sabía el escritor que los sueños permanecen en nuestra memoria frescos, nada más despertarnos, pero que instantes después se van desvaneciendo hasta perder toda lógica que los mantenga vivos en el recuerdo.

Al salir a la calle Velero se cruzó con el vecino del perro en el vestíbulo principal. Era un hombre extraño y a la vez inquietante. Alto y exageradamente delgado, siempre miraba con perseverancia directamente a los ojos. Una vez hubo salido el escritor a la calle, este lo siguió y le pidió disculpas en nombre de su perro.

—¿Le ha despertado *Tasco* con su ladrido? —le preguntó.

León Acebedo se volvió.

—Sí, pero no pasa nada. Hoy es lunes y ya era hora de levantarse.

—Oh, lo siento de veras —le dijo el hombre del perro—. Pero una persona jubilada como usted debería levantarse más tarde.

El escritor no sabía si sentirse ofendido o halagado por ese comentario. Así que simplemente asintió con la cabeza. Y sin querer entrar en más conversación con su vecino se dirigió al quiosco a comprar la prensa del día.

El puesto de los periódicos estaba casi en mitad de la calle Velero. Era una especie de tienda de todo; vendían prensa, revistas y artículos de primera necesidad como eran sal, azúcar y refrescos. Lo regentaba la señora María, una mujer de sesenta años, nacida en Girona y que se desplazó hasta Blanes con su familia a finales de los años noventa. Aunque la tienda no tenía letrero en la puerta, todos los del barrio la conocían como Ca la María. Cuando llegó a Blanes, el escritor León Acebedo escogió esa tienda como su favorita para comprar la prensa y de tanto ir había adquirido cierta confianza con la dueña.

—Buenos días, María —le dijo al traspasar la puerta.

En el interior solamente había una clienta que portaba una bolsa de tela en la mano, de donde asomaban varias botellas de agua. Las dos, la señora María y la clienta, estaban hablando del accidente del semáforo ocurrido el lunes por la tarde.

—Sí, chica —le dijo la clienta a la señora María—. Tan joven y ya está en el otro barrio.

—El sábado estuvo comprando aquí mismo —dijo la señora María, señalando hacia la estantería donde estaban las bebidas alcohólicas—. Nada hacía presagiar que fuese a morirse dos días después.

—Es que la muerte siempre pilla de sopetón —aseveró la clienta—. ¿De dónde era ese hombre?

—De Lloret, creo —respondió la señora María—. Aunque me parece que vivía en la zona de la calle Fragata. Por aquí no lo había visto nunca hasta hace dos semanas, más o menos, cuando empezó a venir a comprar alguna vez. Se le veía serio y cabal.

El escritor León Acebedo no quería inmiscuirse en la conversación de las dos mujeres, pues ya había escuchado suficiente, cogió la prensa del día y dejó las monedas en un plato de metal que tenía la señora María al lado de la caja registradora.

—Buenos días, señoras —dijo, haciendo el ademán de salir por la puerta.

—Ese hombre murió delante de su casa, León —dijo la señora María.

—¿Delante? —preguntó la otra mujer.

—Sí, el señor Acebedo vive justo en el bloque de la esquina, donde está el semáforo.

—¡Vaya! —exclamó la clienta—. Entonces debió de ver cómo ocurrió todo, ¿no?

León Acebedo se silenció unos instantes, tratando de pensar su respuesta.

—¿Qué día murió? —preguntó.

—El lunes pasado —respondió la señora María.

—Oh, ese día no estaba en casa —dijo León—. Tuve que salir de viaje hacia Valencia y no regresé hasta el viernes —argumentó, no queriendo entrar en la conversación, con las dos mujeres, acerca de la muerte de aquel hombre en el semáforo delante de su casa.

—Dicen que se había echado una querida en esta calle —dijo la clienta, bajando la voz como si estuviera haciendo una confesión.

—¿Aquí? —preguntó la señora María, susurrando, y mientras señalaba con unos dedos de uñas largas hacia la calle.

—Sí, sí, Concha —dijo, refiriéndose a una empleada de correos que al parecer era amiga de la clienta— ya lo había visto varias veces por aquí.

—Ahora que lo dices —dijo la señora María—, aquí entró en dos ocasiones a comprar alcohol. —Señaló de nuevo hacia la estantería.

—¿Alcohol? —preguntó conspirando—. Entonces la cosa está clara: ese hombre tenía una amante y ella ha sido quien lo ha matado... a polvos.

Las dos mujeres comenzaron a reír escandalosamente y León Acebedo se marchó, ruborizado por el alboroto provocado.

8

Cristina Amaya se vistió nerviosa la madrugada del martes quince de junio que tenía que empezar a trabajar en el bar Caprichos del Passeig Pau Casals de Blanes. Se había levantado a las cuatro y apenas había tomado un café con leche y una tostada que dejó a medias. Quería causar buena impresión en su primer día de trabajo.

A las cinco menos cuarto ya estaba en la puerta del bar, que permanecía cerrado a cal y canto. En la calle había un reducido grupo de turistas alemanes: tres chicos y dos chicas, que reían a carcajadas. Uno de los chicos le dijo algo en español a Cristina, pero ella apenas lo entendió dada la dificultad de ese chico para pronunciar correctamente. Él, al darse cuenta de que no era alemana, aunque lo parecía, se retiró con sus amigos y se fueron cantando todos por el paseo marítimo.

Cuando faltaban cinco minutos para las cinco de la mañana, llegó una motocicleta de color blanco y, tras aparcar en un árbol de enfrente, se bajó la otra chica del bar, Mirella Rosales.

La chica ecuatoriana ató la motocicleta con una cadena y se quitó el casco, pasó la mano por dentro y lo sostuvo en el codo del brazo izquierdo.

—Buenos días —le dijo Cristina.

—Buenos días —respondió.

Sacó un manojo de llaves de su bolso y abrió la persiana.

—¿Te ayudo? —se ofreció Cristina.

—No es necesario —replicó un poco molesta.

Pensó Cristina que su compañera del bar estaba acostumbrada a hacer todas esas tareas ella sola y quizá le molestaba la presencia de otra chica.

Una vez hubo encendido las luces del interior del local y el letrero de la puerta, el bar tomó un aspecto distinto. Mirella cogió unos taburetes que había puestos al revés sobre la barra y los fue colocando ordenadamente delante del mostrador.

—Limpia la cafetera y enciende la plancha —le dijo a Cristina.

Cuando apenas pasaban unos minutos de las cinco de la mañana entró por la puerta del bar un grupo de alemanes. Eran cinco chicas y dos chicos, todos muy jóvenes. A pesar de que se notaba que habían bebido, se sentaron ordenadamente en dos mesas del local y los dos chicos se acercaron hasta la barra a pedir las consumiciones. Mirella se encargó de atenderlos. Anotó en una libreta el pedido y les dijo que se sentaran y que ya se lo llevaría ella a la mesa.

Poco después llegó una furgoneta de reparto y trajo el pan. Enseguida llegó hasta el bar otra furgoneta que dejó una docena de cruasanes y dos cajas de dónuts.

Varios clientes más entraron y pidieron desde cafés hasta cervezas y cubalibres. Cristina se quedó dentro de la barra e iba atendiendo a los clientes del mostrador, mientras que Mirella atendía a los que se sentaban en las mesas.

—No corras, cariño —le dijo Mirella a Cristina—. Que estos no tienen prisa —dijo, refiriéndose a un grupo de alemanes que no paraban de pedir bocadillos y cervezas.

Cristina entendió que había que atender primero a los clientes que venían vestidos con traje de trabajo, como eran los barrenderos o los camioneros que recogían los camiones aparcados en el paseo marítimo.

Y a las seis en punto de la mañana entró por la puerta el señor Adolfo.

—Buenos días —dijo, dejando una mariconera al lado de la caja registradora.

Mirella le contestó y se acercó a darle un beso en la mejilla. Después él entró dentro de la barra y le dio un beso en la cara a Cristina. Ella no se molestó; aunque sí que le pareció poco apropiado. No creía que el dueño tuviera que dar besos a las empleadas nada más empezar el trabajo, pero pensó que era un gesto de familiaridad. De hecho, era una empresa familiar con tan solo dos empleadas. Cristina se sintió cómoda y creyó que entre Mirella y Adolfo había algo más.

—¿Qué tal tu primer día? —le preguntó Adolfo.

—Bien —dijo Cristina.

Uno de los clientes que había en la barra se atrevió a decir:

—Vaya camarera más guapa que te has agenciado, Adolfo.

Él sonrió y Cristina frunció los labios, coqueta.

—Si quieres tomarte algo —ofreció Adolfo—, tan solo tienes que cogerlo: un café, un refresco..., lo que quieras. Aunque luego, más tarde, a eso de las nueve, nos iremos relevando para desayunar —le dijo.

La mañana transcurrió con mucho trabajo. No pararon de entrar clientes, sobre todo a eso de las diez cuando todas las mesas, incluidas las que había fuera, se llenaron de turistas. Le pareció a Cristina que venían en oleadas organizadas, ya que de repente estaban todas las mesas llenas de clientes, cuando al instante se levantaban todos y se volvían a llenar con clientes nuevos. Entonces había que limpiar y recoger los vasos y los platos y volver a tomar nota. Adolfo se quedó en el interior de la barra y Mirella y Cristina servían en las mesas del interior y en la terraza. Las chicas entraban y salían constantemente y le pedían a Adolfo lo que necesitaban para servir. Él, con una celeridad pasmosa, preparaba los bocadillos, los cubatas, los helados, los cafés, y lo que fuera.

A las doce del mediodía cerraron el bar. Adolfo bajó la persiana a la mitad, evitando que entraran más clientes, y le dijo a Mirella y a Cristina que empezaran a recoger todo y que se dispusieran a limpiar. Mirella se quedó fuera barriendo y Cristina sacó una escoba, un cubo y una fregona y empezó a limpiar el interior del local.

—¿Qué tal? —le preguntó Adolfo.

—Uf —dijo ella—, agotada, pero contenta.

—Lo has hecho muy bien para ser tu primer día —le dijo.

Ella sonrió cortésmente.

—¿Ya habías trabajado antes en hostelería?

—Sí, en Barcelona. Ya se lo dije la última vez que hablamos.

—Se te ve suelta en esto.

—Gracias —replicó Cristina.

Mientras la chica pasaba la escoba, había trozos de porquería que se escondían bajo las esquinas del bar o entre las patas de las mesas, por lo que tenía que agacharse a recogerlos. En esos momentos se le levantaba la falda y mostraba parte de sus nalgas a los ojos de Adolfo que no se ocultaba para mirar con descaro. En una de las mesas alguien había dejado un paquete de tabaco y Cristina se lo mostró a Adolfo preguntándole:

—¿Dónde dejo esto?

—Allí arriba. —Señaló a una estantería donde había varias botellas de ron blanco.

Cristina se acercó hasta la estantería y alzó la mano derecha, sosteniendo el paquete, y lo colocó en medio de dos botellas. Con ese gesto se le levantó la blusa y mostró el vientre plano y blanquecino. Adolfo se acercó hasta ella por detrás y la abrazó por la cintura diciéndole:

—Esta cinturita se ha hecho para abrazarla.

Cristina se apartó violentamente y se sintió profundamente incómoda.

—Adolfo —le dijo—, no se equivoque conmigo.

—Creo que no me he equivocado —replicó—. ¿Por qué no te quedas aquí conmigo cuando cerremos el bar? Ya verás lo bien que nos lo podemos pasar.

Cristina miró hacia la calle y vio a Mirella sentada en una de las sillas de la terraza fumándose un cigarro. Esperaba que entrara y la salvara de esa situación. Adolfo se dio cuenta.

—¿Quieres que ella se sume a la fiesta? —le preguntó.

—Oh, no —replicó angustiada Cristina—. Lo que quiero es que me deje tranquila.

—Vamos —insistió él—, podemos pasarlo muy bien los tres juntos. Si no te gusta hacerlo en el bar nos podemos ir hasta mi piso y allí organizar una orgía íntima, ¿qué me dices?

Cristina pensó que los dos estaban compinchados, ya que Mirella seguía sentada fuera fumando y en ningún momento hizo el ademán de entrar en el bar.

—Ella es muy dulce —dijo Adolfo—. Ya verás cómo te lo pasas de miedo.

—Ya está bien, Adolfo —gritó Cristina, quitándole las manos de encima de sus pechos—, yo no soy una cualquiera y esto no me gusta —dijo.

—¿Es por dinero? —le preguntó.

—No, es por ética. Y me importa una mierda que me eche del empleo.

—Vaya, no quería molestarte —pareció disculparse él—. Pero te puedo dar una paga extra por tu culito respingón —le dijo mientras le agarraba las nalgas por detrás.

Cristina se sintió realmente ofendida. Adolfo la estaba tratando como a una puta.

—O para o le denuncio a la policía.

Las últimas palabras hicieron que Adolfo cejara en su empeño y se alejara parcialmente de Cristina. Una denuncia por agresión sexual sería muy grave y le podría traer consecuencias nefastas.

—Está bien, está bien —repitió—. Si es lo que quieres, lo dejamos aquí.

—Págueme lo que me debe por hoy y no volverá a verme más —dijo Cristina, roja de ira.

—Vamos —se excusó él—. Solo ha sido un malentendido. Creía que eras otro tipo de chica, pero veo que no.

Cristina se sintió un poco halagada por este último comentario.

—Sigue trabajando aquí, eres muy buena currante. Yo estoy conforme y nunca más te volveré a molestar. Para mí ha quedado todo claro —dijo.

Cristina asintió con la cabeza mientras se colocaba bien el suéter y la falda.

—Otra escena como la de hoy y me voy directa a la policía —amenazó.

—No volverá a ocurrir —le aseguró Adolfo.

Y mientras terminaba de pasar la fregona entró por la puerta Mirella y guiñó un ojo a Adolfo. A Cristina no le gustó esa mirada de complicidad.

9

El martes quince de junio y siendo las ocho y media de la tarde, Moisés Guzmán, el policía retirado que quería disfrutar de un verano agradable en Blanes, salió a dar un paseo por la zona comercial. Su intención era ir andando hasta el puerto y recrearse en las tiendas del paseo marítimo. Se puso una gorra de visera para evitar que el sol de la tarde le pudiera enrojecer su prominente calva y se vistió lo más cómodamente posible con unos pantalones vaqueros y una camiseta de color azul claro. Al bajar por la escalera de su bloque se cruzó en la segunda planta con una chica increíblemente guapa, de piel blanquecina y rostro moteado de pecas. Sabía Moisés que ese piso lo habían alquilado hacía unas semanas a una chica de Barcelona. Al cruzarse con ella, y dándose cuenta de que era la nueva inquilina, la saludó:

—Buenas tardes —dijo.

Ella respondió un poco confusa, como si algo la estuviera contrariando.

—Hola —respondió, y abrió la puerta de su piso y se metió dentro atemorizada.

Moisés siguió bajando las escaleras, sin darle importancia, y salió a la calle, deseando no encontrarse con el hombre del perro, ya que no quería enzarzarse en otra conversación insulsa como la que tuvo el último día que se cruzó con él. Pensó en la chica por un momento y creyó que algo la debió asustar. Posiblemente no estaba acostumbrada al vecindario y al encontrarse con un hombre maduro temió que le pudiera hacer algo malo. Moisés sonrió con esa posibilidad. Tantos años ejerciendo de policía y ahora se asustaba de él una jovencita atractiva.

Caminó despacio por varias calles anchas y en quince minutos llegó hasta la calle Ter, donde tuvo que desviarse ya que había varios coches de policía que impedían el paso a la circulación y a los viandantes. Los Mossos d'Esquadra habían tomado prácticamente la calle. Había al menos cinco coches de policía con distintivos, más dos que serían de la policía científica y uno de la judicial. En medio de ellos había dos hombres trajeados, pese al calor del mes de junio, que hacían aspavientos con las manos.

—¿Qué ocurre? —preguntó Moisés a uno de los jóvenes policías que impedían el paso por la calle.

En los balcones se habían asomado multitud de vecinos y en uno de los edificios distinguió Moisés el rótulo del Juzgado. A escasos metros de su puerta había un coche de la funeraria que estaba metiendo un cuerpo dentro.

—Un muerto —respondió el agente—. No podrá

pasar por la calle hasta que termine la investigación —añadió.

«Un muerto», pensó Moisés. Eso quería decir, evidentemente, que se había cometido un asesinato, sino por qué iban a estar allí tantos coches de policía. Moisés pensó en identificarse con su carné de segunda actividad y acceder hasta el lugar donde se había cometido el crimen, pero desechó esa idea al creer que los Mossos d'Esquadra pondrían impedimentos a que un policía nacional de vacaciones y retirado husmeara en su jurisdicción.

Entre el tumulto de policías y de curiosos Moisés distinguió al hombre del perro, el vecino de su calle que le dijo que él tenía que atrapar al asesino del semáforo. Estaba hablando con uno de los hombres trajeados y, por el rostro de este, supo Moisés que se estaba haciendo pesado. El beagle *Tasco* no paraba de dar vueltas oliendo todo el borde de la acera ante la mirada censuradora de dos agentes de uniforme que vigilaban una cinta donde ponía: «Policía, no pasar.» Del edificio donde estaban los juzgados salió una chica muy joven, vistiendo pantalón corto y camiseta blanca con un dibujo en el pecho, y se acercó hasta los dos hombres del traje; entregó a uno de ellos una carpeta, que abrió enseguida. Los dos se alejaron del hombre del perro, como evitando que este les oyera hablar.

Viendo Moisés que no era asunto suyo lo que estaba ocurriendo en la calle Ter, decidió continuar con su paseo vespertino y seguir andando hasta el paseo marítimo de Blanes. Justo cuando se iba a dar media vuelta, oyó como el hombre del perro le llamaba a lo lejos con el peor de los apelativos que hubiese querido en ese momento:

—Policía nacional —gritó tan fuerte, que todos los que estaban en la calle se giraron clavando los ojos en Moisés Guzmán.

«Maldita sea», murmuró Moisés entre dientes.

—Eh, policía —siguió llamándolo el hombre del perro.

Moisés no tuvo más remedio que detenerse en medio de la calle para acallar el vocerío de aquel hombre.

—Es un policía nacional —dijo el hombre del perro a uno de los hombres con traje que estaba en el lugar del crimen.

Moisés vio cómo el hombre del perro y ese hombre se acercaban hasta él.

—Hola —saludó el hombre del traje—. ¿Es usted policía? —le preguntó.

Moisés no sabía qué responder.

—Sí, estoy de vacaciones en Blanes —dijo finalmente.

—Este es el jefe de todo —dijo el hombre del perro—. Es el comisario de los Mossos d'Esquadra.

«¿Comisario?», pensó Moisés Guzmán. Tendría que ser muy importante lo que allí había ocurrido para que el jefe de la comisaría estuviera indagando.

—Sí —dijo amablemente mientras le extendía la mano—. Me llamo Josep Mascarell.

Moisés alargó la mano hasta estrecharla con el comisario.

—Moisés Guzmán —dijo—. Policía nacional de Huesca en segunda actividad.

—¿Qué le trae por nuestra ciudad?

—Estoy de vacaciones. He comprado un apartamento en la calle Velero y pienso pasar el verano aquí.

El otro hombre del traje se acercó hasta ellos portando en la mano la carpeta que hacía unos minutos le había entregado la chica del juzgado.

—Mira —dijo Josep Mascarell—, te quiero presentar a un policía de Huesca. Es el fiscal jefe —le dijo a Moisés que no salía de su asombro.

«Todo un señor comisario y un fiscal jefe», se dijo. El asunto tenía que ser muy grave o en Blanes se alarmaban por cualquier cosa.

—Eloy Sinera —dijo el fiscal, extendiendo su mano.

El teléfono móvil del fiscal comenzó a sonar y se tuvo que retirar unos metros para entablar una conversación.

—Otro asesinato —dijo el hombre del perro.

—¿Le apetece un café? —ofreció el comisario a Moisés Guzmán, obviando el comentario del hombre del perro.

—Un poco tarde —replicó Moisés.

—¿Un refresco, una cerveza, una copa?

Moisés entendió que el comisario quería hablar con él a solas, sin la presencia del hombre del perro.

Fausto Anieva se dio cuenta y se volvió.

—Ven *Tasco*, que aquí no nos quieren —le dijo al perro.

El hombre del perro se alejó con *Tasco* por la calle Pirineos, perdiéndolo de vista los dos hombres en un minuto.

El comisario echó a caminar por la calle y se adentró

en la comisaría de los Mossos d'Esquadra, que estaba en el número 49; allí al lado. Moisés lo siguió intrigado. Nada más entrar se pusieron en pie dos agentes que había sentados en un banco del vestíbulo principal de la comisaría. El jefe les hizo bajar la mano con modestia forzada.

—¿Conoce a un hombre llamado Adolfo Santolaria? —le preguntó en la máquina de refrescos.

Era la primera vez que Moisés oía ese nombre.

—Adolfo Santolaria —repitió en voz alta—. No, no me suena de nada.

—¿Café? —preguntó el comisario.

Moisés aceptó con la cabeza.

—Adolfo Santolaria —repitió el comisario—. ¿Lo conoce?

—Pues no —aseguró Moisés, un poco molesto por la insistencia.

—Y... ¿Sócrates Algorta? ¿Le suena?

Moisés empezó a sentirse realmente incómodo. El comisario de los Mossos d'Esquadra lo estaba interrogando.

—No —dijo tajante—. Ese nombre tampoco me suena.

—¿Cuánto tiempo hace que compró el piso de la calle Velero?

—Lo adquirí el verano pasado, en junio.

—¿Hace un año? —inquirió el comisario.

—Sí, un año justo.

—¿Y cuánto tiempo hace que reside en ese piso?

—Pues desde la última semana de mayo.

—¿Concretamente qué día?

Moisés hizo un esfuerzo para acordarse exactamente qué día llegó desde Huesca.

—El veintiséis de mayo ya estaba en el piso.

La máquina de bebidas terminó de sacar un café solo. El comisario lo cogió y se lo entregó en mano a Moisés Guzmán, que empezaba a sentirse incriminado.

—¿Ocurre algo, comisario? —preguntó.

—Para ser franco, aún no lo sé. Pero no se vaya de Blanes en unos días por si tenemos que tomarle una declaración.

—¿Una declaración? —preguntó, elevando el tono.

—Sí, aún no tenemos el censo detallado de los vecinos de la calle Velero, pero... —se silenció unos instantes—, bueno, que tenemos que investigar dos crímenes conexos y cualquier testimonio nos será útil.

—¿Dos crímenes?

El comisario no respondió.

—¿Son las dos personas por las que me ha preguntado?

—Así es —dijo el comisario—. Blanes es un municipio muy tranquilo. Aquí no ocurre nada alarmante casi nunca y, de repente..., en el plazo de una semana tenemos dos asesinatos.

«El hombre del semáforo», pensó Moisés. Entonces el hombre del perro estaba en lo cierto: también fue un crimen.

10

En el número dos de la calle Velero había un bloque de pisos de tres plantas, construido a principios del año dos mil nueve. El último piso lo amuebló, en mayo de ese mismo año, el policía retirado Moisés Guzmán. El primer piso estaba vacío, y el segundo, sus propietarios lo habían alquilado a una chica de Barcelona. Esa chica se llamaba Cristina Amaya y había encontrado empleo en el bar Caprichos, situado en el Passeig de Pau Casals de Blanes. El martes quince de junio fue su primer día de trabajo y pasó una mala experiencia que le recordó episodios desagradables de su infancia. Su padre, Ramón Amaya, había sido durante toda su vida un maltratador que atormentó a su madre con continuas palizas cuando regresaba del trabajo. Pero el peor recuerdo que tenía Cristina de su padre era de cuando ella tenía catorce años y él, cincuenta. Ese viernes de marzo, Ramón Amaya bebió de más en el bar donde se entretenía cuando terminaba la jornada laboral. Llegó a casa pasadas las diez de la noche y se encontró a su mujer tumbada en la cama. Viviana Baeza había sufrido, esa tarde, una menstruación fortísima que la dejó postrada en el sofá sin apenas poder moverse. Su hija Cristina le preparó algo ligero de cenar y pasadas las nueve la buena mujer se metió en la cama extenuada. Ramón Amaya llegó eufórico por la cerveza y buscó a su mujer con ganas de sexo.

—¿Y tu madre? —le preguntó a Cristina, que estaba en su cuarto estudiando.

—Se ha echado en la cama pronto —dijo—. Está agotada.

—¿Agotada? —gritó—. Yo sí que estoy agotado de tanta tontería.

—Papá, déjala que duerma —sugirió Cristina.

—¿Qué le pasa ahora a esa tonta? —preguntó, quitándose la camisa.

—Le duele la cabeza —dijo Cristina, sin dar más explicaciones.

—Pues yo tengo algo para el dolor de cabeza —dijo Ramón Amaya, frotándose a la altura de la cremallera.

Cristina arrugó el rostro. Su padre había bebido más de lo habitual.

—Con lo que había sido tu madre y mírala ahora —dijo con desprecio—. No sirve ni para ir a mear.

—Papá —le recriminó Cristina.

—Sí, antes, cuando nos casamos, la chupaba como nadie. Y fíjate cómo está ahora, hecha un adefesio. Es una mujer ridícula.

Cristina se levantó de su asiento con intención de salir al comedor. No quería seguir escuchando las sandeces de su padre y el menosprecio hacia su madre.

—A ti te pasará lo mismo —le dijo antes de que traspasara la puerta—. Ahora estás bien buena, pero cuando seas mayor no valdrás una mierda.

Entonces Ramón Amaya cogió por el brazo a su hija Cristina de catorce años en la puerta de su habitación.

—¿Por qué no me la chupas? —le dijo, bajándose la cremallera—. Así te podré decir si lo haces como lo hacía tu madre.

Cristina le pegó un puñetazo en el pecho y lo sacó de un empellón de su habitación. Él se echó en el sofá y se quedó dormido profundamente hasta el día siguiente. Ella estuvo llorando hasta las doce de la noche. Cuando estuvo segura de que su padre dormía salió hasta el comedor y le dio tanto asco que pensó en coger un cuchillo de la cocina y clavárselo en la garganta, pero no lo hizo.

Durante los años siguientes, fueron continuas las palizas a su madre y los tocamientos hacia ella, pero nunca llegó a nada más. Cuando cumplió los dieciocho años, se dijo que se iría todo lo lejos que pudiese de su hogar, pero no lo hizo por lástima hacia su madre. La señora Viviana Baeza siempre fue una mártir. Ella, Cristina, albergó el miedo de que algún día la forzara o arremetiera contra ella cuando salía a defender a su madre. Y el mes de noviembre del año dos mil nueve, cuando Ramón Amaya falleció a causa de un cáncer de colon, su hija se alegró. Pensó que tuvo lo que se merecía y lamentó no haberlo matado, ella misma, antes.

El incidente con el dueño del bar Caprichos, Adolfo Santolaria, le había recordado en cierta manera a su padre. El señor Adolfo debía de tener la misma edad que este cuando quiso abusar de ella. Y, aunque no se parecían físicamente, se lo recordó.

El miércoles dieciséis de junio se levantó Cristina con la firme intención de ir a trabajar de nuevo y olvidar lo ocurrido el día anterior, cuando Adolfo quiso propasarse con ella. Anduvo los veinte minutos de distancia entre la calle Velero y el Passeig de Pau Casals, hasta llegar al bar Caprichos. Eran casi las cinco de la madrugada y temía horrores que llegara el fin de semana, ya que pensó que, si el martes había tenido tanto trabajo, qué sería el viernes o el sábado, cuando mayor afluencia de turistas había y cuando más bullía la noche de Blanes.

Al llegar a la puerta del bar Caprichos se encontró con la persiana medio abierta. Asomó la cabeza y vio en su interior a Mirella Rosales, que ya estaba trabajando. Los taburetes ya habían sido retirados de encima del mostrador y las mesas estaban preparadas con los servilleteros y palilleros puestos.

—Buenos días —le dijo a la chica ecuatoriana.

Mirella la miró con ojos llorosos.

—¿No te has enterado, verdad?

—¿De qué? —dudó Cristina.

—Ayer por la tarde mataron a Adolfo.

—¿Qué?

—Sí, en su piso de la calle Ter.

—Pero... ¿cómo ha sido?

Cristina no supo qué preguntar.

—Lo han asesinado.

—¿Asesinado?

—Sí —le dijo Mirella—, deja ya de repetir lo que yo digo.

Cristina Amaya no sabía qué decir para parecer interesada en la muerte de Adolfo, después de todo, tampoco lo conocía tanto como para sentirse afectada.

—¡Cuánto lo siento! —le dijo a Mirella.

Cristina la trató como la viuda; aunque desconocía qué tipo de relación tenían ellos dos.

—¿Y el bar? —preguntó.

—¿Y el bar, y el bar? —replicó Mirella—. Pues no lo sé. Adolfo no tenía familia aquí, al menos que yo sepa. Creo que estuvo casado, pero a saber dónde está su mujer.

—¿Hijos? —volvió a preguntar Cristina.

—¿Y qué me importa a mí eso? —dijo Mirella.

La chica ecuatoriana estaba realmente afectada.

—¿Y qué vamos a hacer?

—Pues, de momento, abrir el bar —dijo Mirella—. Y trabajar como cada día. Supongo que luego vendrá la policía a hacernos preguntas. Yo qué sé...

A Cristina no le gustaba la idea de que los Mossos d'Esquadra anduvieran por ahí preguntando. Después de todo ella acababa de empezar a trabajar aquí. Tan solo llevaba un día y ya habían matado al dueño del bar.

—Anda, sube la persiana —le dijo Mirella, viendo que ya eran las cinco en punto.

Durante la mañana, el tema estrella del bar Caprichos fue la muerte de su dueño: Adolfo Santolaria. Algunos clientes se aventuraron a conjeturar que el homicidio fue por motivos económicos, ya que decían que Adolfo tenía mucho dinero guardado en casa. Nada se sabía aún de las causas de la muerte, ni del móvil, pero los clientes del Caprichos ya hicieron todo tipo de hipótesis de quién y por qué lo mataron.

Alrededor de las once entró en el bar un cliente ocasional que apenas había venido dos o tres veces en el último año, era un escritor jubilado de setenta años llamado León Acebedo. Muy conocido entre los vecinos de Blanes, ya que había fijado su residencia en la localidad hacía algunos años, cuando emigró de Valencia al morir su mujer. Sus libros se vendían por las librerías de Blanes. Había hecho alguna presentación en Girona, e incluso en Barcelona, pero ganaba lo suficiente para subsistir; aunque decían por el pueblo que en tiempos fue un escritor consagrado y que vivía de la renta que produjeron sus primeras novelas.

Nada más sentarse en una mesa del bar, León Acebedo extrajo una libreta de anillas y una pluma y se dedicó a tomar apuntes ante la mirada inquisidora de dos pescadores que había sentados en la barra.

—Mira —le dijo uno al otro—. Ahí está el zumbado ese del escritor.

León Acebedo desplegó un periódico, comprado en el quiosco de la señora María, en la calle Velero, y estuvo marcando algunas de sus páginas.

—Estará buscando trabajo. —Se rio uno de los pescadores.

—¿Quién es ese? —le preguntó Cristina a Mirella, al ver que causaba expectación entre algunos clientes de la barra.

—Es el escritor León Acebedo... ¿No lo conoces?

—No.

—Fue muy famoso de joven —dijo Mirella—. Al menos eso dicen quienes le conocen.

—¿Y qué hace aquí? —preguntó Cristina.

—Tomar café —dijo con ironía Mirella—. ¿No lo ves?

Lo que Cristina quería preguntar es qué hacía un escritor famoso en un bar de mala muerte como era el Caprichos, pero evidentemente Mirella no la entendió.

11

A las once del mediodía del miércoles dieciséis de junio, y con el bar repleto de clientes, entró por la puerta el comisario de los Mossos d'Esquadra, Josep Mascarell. Aparentaba ser un cascarrabias de cuidado. Tenía el pelo blanco y desordenado, y la papada caída, demostrando que había estado más gordo anteriormente y la pérdida de peso le laxó la piel de la cara. Cuando hablaba torcía el rostro enérgicamente y apuntaba con el dedo índice y anular al mismo tiempo, agarrotando la mano. Se sentó en el primer taburete de la barra y echó un vistazo descarado a todos los clientes del bar. Los dos pescadores de la barra pagaron la consumición y se fueron sin decir palabra. No tenían nada que esconder, pero no les gustaba estar cerca del comisario de los Mossos d'Esquadra. Mirella Rosales se acercó hasta él.

—Buenos días, ¿qué desea? —le preguntó Mirella, que ya lo conocía con anterioridad. Al llegar a Blanes la chica fue detenida en una redada de los Mossos d'Esquadra y trasladada a dependencias de la Policía Nacional de Girona, donde formalizó su situación legal en España.

—Un bocadillo de calamares a la romana —dijo—. Y una cerveza.

Mirella pasó un paño mojado por el trozo de barra donde el comisario se había sentado y colocó, con descuido, una servilleta y dos cubiertos: un tenedor y un cuchillo. El comisario no dejó de mirarla directamente clavando sus ojos en los de ella.

—¿Y ella? —le preguntó.

—Es nueva —respondió Mirella con desdén.

—¿Cuánto tiempo lleva trabajando aquí?

—Empezó ayer.

—¿Ayer?

—Sí, comisario —repitió Mirella—. Ayer por la mañana.

—¿De dónde viene?

—¿Por qué no se lo pregunta usted mismo?

—Hummm —frunció el entrecejo—. Sigues sin colaborar con la policía.

Mirella se encogió de hombros.

—¿Y qué quiere que le diga?

—No sé. ¿Quién quería tan mal a Adolfo para asesinarle en su propio piso?

—No tengo ni la más remota idea —dijo Mirella—. Adolfo no tenía enemigos, que yo sepa —añadió—. Pero este mundo es de locos y hay mucho chalado suelto —dijo, señalando con la cabeza al escritor León Acebedo que seguía tomando notas en su libreta.

—¿Ese? —dijo con desprecio el comisario—. Con

lo que tenemos en Blanes podría escribir una buena novela.

—Asesinatos hay en todas partes —dijo Mirella.

—¿Sabes cómo murió Adolfo? —le preguntó el jefe de los Mossos d'Esquadra.

Ella se encogió de hombros de nuevo.

—Claro, cómo vas a saberlo si no te lo he dicho y la prensa aún no ha publicado nada.

El escritor levantó la mirada de su libreta y posó los ojos en los del comisario. Este lo saludó con la cabeza.

Cristina Amaya terminó de recoger una mesa de la terraza y se adentró en el bar, y se colocó detrás de la barra.

—Pregúntele ahora que la tiene aquí —dijo Mirella.

El comisario se incomodó.

—Hola —le dijo a la chica nueva—. Quería hablar contigo un momento..., si puedes.

Cristina, que no sabía quién era él, se sintió acosada y pensó que se trataba de un viejo verde que buscaba nuevas emociones.

—Tengo mucho trabajo para andar alternando —dijo sonriendo y queriendo quitárselo de encima.

El comisario sacó una reluciente placa de policía y la puso al lado de la servilleta.

—No quiero ligar contigo —le dijo.

El escritor se puso en pie y se acercó hasta la barra. Cogió un palillero y se lo llevó a la mesa.

—Bonita placa —le dijo al comisario.

El jefe de los Mossos d'Esquadra se molestó muchísimo por el comentario del escritor León Acebedo, ya que pensó que se burlaba de él.

—Imbécil —dijo en voz baja, pero lo suficientemente fuerte como para que él lo oyera—. ¿A qué hora terminas? —le preguntó el comisario a Cristina.

—A las doce, más o menos. Depende del trabajo que haya después de cerrar el bar.

—Pásate por la comisaría de los Mossos d'Esquadra sobre la una —le dijo—. ¿Sabes dónde está?

—Sí, en la calle Ter. Donde vivía Adolfo —dijo.

El comisario clavó sus ojos en ella con tanta furia que Cristina se percató de que estas últimas palabras no habían sido apropiadas.

—¿Cómo sabes dónde vivía Adolfo Santolaria?

Cristina tragó saliva antes de responder.

—Lo sé, porque me lo dijo él ayer por la mañana.

—Vaya, vaya..., así que Adolfo le iba diciendo a las desconocidas dónde estaba su piso.

—Yo no soy una desconocida —se defendió Cristina.

El escritor León Acebedo estaba pendiente de la conversación entre el comisario Josep Mascarell y Cristina Amaya.

—Siga con sus notas —le dijo el comisario, aunque más bien pareció una orden.

—Si no quiere que le escuchen no hable en sitios públicos —argumentó León Acebedo a la ofensa del comisario.

—A la una te espero en la comisaría —le dijo a Cristina—. Envuélveme el bocadillo, que me lo llevaré —le dijo seguidamente a Mirella.

—¿Y la cerveza? —le preguntó.

—Dámela de lata.

Y después de pagar se marchó del bar Caprichos sonriendo. El escritor lo miró con lástima.

—Pobre idiota —dijo—. No tiene ni pajolera idea de quién ha matado al dueño de este bar.

A Cristina se le cayó un vaso que había cogido para servir un refresco en una mesa de la terraza y se hizo añicos al lado de la nevera de la barra.

—¡Vaya! —dijo—. Estoy torpe hoy.

Mirella la miró con inquina.

—¿Te ha puesto nerviosa el comisario? —le preguntó.

—No es eso —se excusó ella—. Debo de estar cansada —dijo—. Es mi segundo día y aún no tengo el trabajo por la mano.

—Pues tranquila. Ya recojo yo el vaso, sigue sirviendo las mesas de fuera —le ordenó.

Y cuando Cristina salió fuera del bar sintió como si todas las miradas de los presentes se fijasen en ella; incluso la del escritor León Acebedo. Realmente, la chica se sintió culpable.

12

Ese mismo día, y siendo las doce del mediodía, salía Moisés Guzmán de su piso de la calle Velero número dos. Se acercó hasta el quiosco de prensa a comprar pan y algo de embutido para hacerse un bocadillo por la noche. Los primeros días de estar en Blanes se había acostumbrado a comer y cenar fuera, pero se dio cuenta de que su economía no resistiría mucho si se daba esos lujos. Así que decidió utilizar la cocina de su piso y ahorrar en gastos superfluos.

De camino hacia el quiosco se cruzó con el hombre del perro.

«Ahí está ese pesado», se dijo a sí mismo.

No pudo evitarlo, ya que Fausto Anieva y su beagle de nombre *Tasco* ya se habían fijado en él. El perro andaba suelto y se frotó en las piernas de Moisés.

—Hay que ver cómo le quiere, ¿eh? —dijo gritando.

Moisés acarició la cabeza del perro y se dispuso a continuar hasta el quiosco sin entretenerse en hablar con su dueño.

—Uau... —dijo con ojos exaltados Fausto Anieva—. Dos crímenes en apenas una semana. Cómo se está poniendo Blanes.

Moisés lo ignoró por completo.

—Tengo que ir al quiosco antes de que cierren —dijo sin detener la marcha.

—¿Sabe? —siguió hablando el hombre del perro como si tal cosa—, tengo un amigo en los Mossos d'Esquadra que me ha dicho que a los dos los han matado de la misma forma.

No podía Moisés olvidarse de su condición de policía, así que las últimas palabras del hombre del perro le hicieron clavarse en el mismo sitio donde estaba.

—¿Matado? —preguntó.

—Ah, ya veo que ahora le interesa el tema. —Sonrió Fausto Anieva.

—No, no me interesa —dijo con desprecio Moisés—. Estoy de vacaciones.

—Un policía nunca está de vacaciones.

—Estoy retirado.

—Un policía nunca se retira.

—No me interesa lo más mínimo —insistió—. Los Mossos d'Esquadra ya están investigando los crímenes.

—Luego reconoce que han sido dos asesinatos —dijo finalmente el hombre del perro.

Moisés estaba empezando a enfurecerse.

—Yo no reconozco nada y no sé cómo han muerto esos hombres.

—Pues ya le digo yo que los dos han muerto igual.

—El del semáforo fue un paro cardíaco —dijo Moisés—. Una muerte natural.

—¿Natural, natural? —preguntó el hombre del perro—. Si que te atraviesen el corazón con un alfiler enorme es natural...

Moisés pensó que el hombre del perro estaba como una cabra.

—Ya le he dicho que no me interesa lo más mínimo.

Moisés Guzmán siguió andando hacia el quiosco ante la atenta mirada de Fausto Anieva. El perro *Tasco* lo siguió un rato y cuando el policía se metió dentro del quiosco se quedó en la puerta esperando.

—Vamos, *Tasco* —le dijo su dueño—. Daremos un paseo por la playa.

Moisés se cercioró de que ni el perro ni su dueño estaban en la puerta cuando terminó de comprar un paquete de chicles. Salió con cautela, y la dueña del quiosco sonrió y dijo refiriéndose a Fausto Anieva.

—Es buena persona, pero muy pesado, el pobre.

Moisés se volvió en la puerta y asintió con la cabeza en señal de comprensión.

A las doce y media, Moisés pasó por delante del lugar donde el día anterior habían matado al dueño del bar Caprichos, Adolfo Santolaria. Aún había la cinta policial de prohibido pasar y dos agentes patrullaban acalorados en el portal del piso donde ocurrió el crimen. La prensa local de ese día no decía nada, únicamente que habían hallado muerto a un vecino de Blanes en su piso. Moisés supuso que los Mossos d'Esquadra todavía estarían investigando el crimen y aún no habían cerrado el caso. Justo al doblar la esquina de la calle Ter, en la confluencia con la calle Pirineos, se cruzó a su vecina del número dos de la calle Velero. Esa chica era realmente guapa, se dijo, procurando no mirarla demasiado a los ojos. Cristina Amaya andaba cabizbaja y pensativa, sumida en una introspección que no pasó desapercibida a los ojos del policía retirado. Ella ni siquiera reparó en él y siguió caminando por la calle Ter. Moisés la siguió con la vista hasta que vio que se metía en la comisaría de los Mossos d'Esquadra. Sus ojos resbalaron por las impresionantes piernas de la chica y admiró su cintura berroqueña. Imaginó Moisés la nueva situación en la que se encontraba desde que se había retirado de la policía. Se hallaba en un piso de veraneo, compartiendo edificio con una impresionante belleza escultural, sola. Su mente de cincuentón albergó la posibilidad de mantener una relación con esa mujer. Se imaginó a sí mismo abriendo la puerta de su piso cuando ella llamara por la noche portando en su mano dos copas de cava. Él le abriría la puerta y la haría pasar al interior mientras que la chica le besaba el cuello apasionadamente. Luego los dos retozarían eufóricos en la habitación de Moisés hasta bien entrada la madrugada.

Aunque a Moisés Guzmán le dio la impresión de que su vecina del segundo piso no había reparado en él, lo cierto es que la chica sí que se dio cuenta de que quien se había cruzado en la calle Ter era el vecino del último piso de su mismo bloque. Pero no quiso mirarlo y fingió no percatarse de su presencia. Tras la larga y horrorosa experiencia con su padre, había desarrollado una fobia a los hombres maduros a los que siempre veía como aves de rapiña a la caza de mujeres jóvenes. Ella lo consideró un hombre fuerte, de brazos grandes y espalda ancha. Temía que algún día pudiera asaltarla en la escalera y forzarla. Después de todo, era un hombre solitario al que nunca había visto acompañado de nadie. Vivía solo y en la última semana no había escuchado ningún ruido en su piso que le hiciese presagiar que tenía mujer o hijos. Quizá, pensó, estaba esperando a que su mujer terminara de trabajar y comenzara las vacaciones de verano y llegara a Blanes a reunirse con su marido.

En la comisaría de los Mossos d'Esquadra, Cristina Amaya preguntó por el comisario jefe, Josep Mascarell. La policía que había en la puerta, una chica joven y de ojos exageradamente grandes, llamó por el teléfono interno y, tras decir un sí rotundo, le indicó a otro agente que había en el vestíbulo que acompañara a Cristina hasta el despacho del jefe.

Mientras subían en el ascensor hasta la segunda planta, miró el reloj de pulsera y vio que faltaban cinco minutos para la una del mediodía, hora en que había sido citada por el comisario.

—Señor comisario —dijo el agente que la acompañaba, nada más llegar a la puerta del despacho—. La visita que espera está aquí.

Josep Mascarell estaba sentado en una amplia estancia decorada modernamente. Tras él había un enorme ventanal que daba a la calle Ter. Un amplio haz de luz entraba desde la calle, a esa hora el sol era abrasador, y se clavaba en sus blancos cabellos, destilando una especie de arco iris que lo hacía parecer un payaso. Cristina no pudo evitar una mueca de sonrisa que el comisario achacó a unos nervios mal disimulados.

—Eres puntual —le dijo, poniéndose en pie.

Ella extendió la mano para estrechársela y él se la cogió apretándola con moderación. La mano del comisario estaba mojada, algo que hizo que Cristina sintiera repugnancia.

—Veamos —dijo Josep Mascarell—, tenemos dos asesinatos en un espacio de una semana. —Chasqueó los labios—. Eso es algo que Blanes no se puede permitir.

Ella puso cara de circunstancias.

—¿Quién es el segundo? —preguntó, pensando que después de Adolfo habían matado a alguien más.

—El segundo es Adolfo Santolaria —dijo el jefe de policía—. Pero es que hay un primero antes del segundo. —Clavó los ojos en Cristina, buscando algún resquicio que le hiciese ver que ella ya sabía eso.

La chica se encogió de hombros.

—El lunes pasado murió un hombre en el interior de su coche en la calle Velero, frente al semáforo del número veinte —dijo el comisario.

Cristina había oído en el barrio que esa muerte fue natural.

—¿Cree que las dos muertes están relacionadas? —le preguntó al comisario.

—Las preguntas las hago yo —le dijo groseramente—. Tú limítate a responder.

Por los mofletes de Cristina asomó un arrojo de rubor. No se esperaba una reacción así del jefe de policía.

—Dos muertes en menos de dos semanas —aseguró—. Eso es para Blanes un hecho insólito. Han de estar forzosamente relacionadas.

Cristina no dijo nada.

—¿Conocías a un hombre llamado Sócrates Algorta?

—No —dijo sin pensárselo.

—¿Estás segura?

Ella hizo ver que pensaba mejor la respuesta y dijo convencida:

—No, no lo conocía.

—Los dos hombres, Sócrates y Adolfo, tenían varias cosas en común —reflexionó el comisario—. Eran hombres maduros, de edades parecidas, solteros..., viciosos, y les gustaban las chicas jóvenes.

El comisario, al igual que la mayoría de los vecinos de Blanes, ya conocía las andanzas del dueño del bar Caprichos, Adolfo Santolaria, pero no sabía nada de Sócrates Algorta, ya que era un vecino de Lloret de Mar, pero quiso ver la reacción de Cristina ante esa comparativa.

—¿Vicioso? —preguntó ella, sonriendo.

Cristina pensaba que se refería a las drogas, pero tras indagar un instante en la mirada del jefe de policía, supo que lo que estaba sugiriendo es que le gustaban las mujeres. Para ella, los dos hombres, Adolfo y el comisario, no eran tan distintos. De hecho, los ojos del jefe de policía la miraban con una lascivia enfermiza y de vez en cuando bajaban hasta su cintura y seguían resbalando hasta las piernas.

—¿Te hizo algún tipo de proposición?

Cristina enrojeció aún más.

—Solo llevo dos días trabajando en el bar —dijo como respuesta.

—Ya, ya, eso ya lo sé. Pero... ¿te hizo alguna proposición?

En Blanes eran conocidos los ofrecimientos de Adolfo Santolaria a las chicas que trabajaban en el bar Caprichos y le parecía extraño que no hubiese hecho lo mismo con Cristina Amaya.

—No —dijo ella tajante—. El señor Adolfo se ha portado muy bien conmigo.

—¿Y Mirella Rosales? —le preguntó por la otra chica.

—Eso debería preguntárselo a ella —respondió Cristina, desafiante.

—Sí, pero ahora te lo estoy preguntando a ti.

—No tengo ni idea. Ya le he dicho que solo llevo trabajando dos días.

—¿Observaste algo extraño ayer en el bar?

—¿Extraño?

—Sí, si discutieron Adolfo y Mirella o si él le dijo algo a ella o ella a él. Ya sabes, no te hagas la tonta.

—No sé a qué se refiere, pero no observé nada raro.

Cristina se sintió más tranquila, ya que al entrar en la comisaría pensó que ella era la sospechosa de la muerte de Adolfo, pero ahora las pesquisas del comisario se centraban en la chica ecuatoriana. Estuvo tentada de decirle que mientras Adolfo la acosó en el interior del bar, Mirella permaneció fuera vigilante, como si hubiera una complicidad entre ellos dos. Pero optó por no decir nada, ya que cuanto más hablara, más sospechosa podría parecer.

—Está bien, señorita Amaya —dijo finalmente el comisario—. Deja al oficial de la puerta tus datos de contacto, teléfono incluido, por si necesitara hablar contigo de nuevo.

Ella asintió con la cabeza.

—Eso es todo —se despidió el jefe de policía—. Ah, una cosa más —dijo antes de estrecharle la mano—. ¿Qué sabes de tu vecino del último?

Cristina se encogió de hombros.

—No lo conozco de nada.

Y salió de la comisaría de los Mossos d'Esquadra limpiándose la mano con un pañuelo de papel.

13

Por la puerta lateral del despacho de Josep Mascarell entró el fiscal jefe de Blanes, Eloy Sinera. Era un hombre de cuarenta años, con gafas clásicas y abundante cabello negro peinado hacia delante, que ejercía como jefe de la fiscalía de Blanes desde hacía cuatro años. Residía en Girona y se desplazaba a diario con su coche en un trayecto de apenas cincuenta minutos.

—¿Qué opinas? —le preguntó el comisario.

—Tiene todos los números —le dijo con voz grave.

—Eso pienso yo —dijo Josep Mascarell—. Pero no tenemos que descartar a los otros sospechosos. Quien mató a Adolfo Santolaria también acabó con la vida de Sócrates Algorta.

—Mismo *modus operandi*, mismo criminal —dijo el fiscal.

—Pero... —argumentó el comisario— la chica esta no tiene los brazos suficientemente fuertes para hacer lo que hizo el asesino.

—No es cuestión de brazos —dijo el fiscal—, es más

bien cuestión de manos. Y aunque ella no tiene fuerza suficiente en las manos, se pudo ayudar por algún tipo de aparato.

—¿Aparato? —cuestionó el comisario.

—Sí, una especie de ballesta o algo parecido que pudiese clavar la aguja lo suficiente como para traspasar el corazón.

—No sé, no sé —dijo el comisario—. Sigo pensando que es obra de un hombre.

—¿El policía retirado? —preguntó el fiscal.

—Puede ser. En la calle Velero tenemos a dos nuevos vecinos de los que no sabemos nada.

—¿Cristina Amaya y Moisés Guzmán?

—Así es —dijo el jefe de policía.

—¿Han dicho algo más los del gabinete de la policía científica?

—De momento, no. Siguen haciendo pruebas, pero ni en el coche de Sócrates Algorta, ni en el piso de Adolfo Santolaria hay huellas o vestigios que los puedan incriminar.

—¿Has hablado ya con el policía? —preguntó el fiscal.

—Lo dejo para el final. Ese sabe mucho.

El fiscal se encogió de hombros.

—Sí, no creo que sea el asesino, pero si lo es..., nunca lo podré pillar en un interrogatorio. No hay que olvidar que es un policía nacional de Huesca y sabe cómo funcionamos.

—Sabe cómo funciona la Policía Nacional —dijo el fiscal—, pero no cómo funcionan los Mossos d'Esquadra —sonrió.

—Bueno —dijo finalmente el jefe de policía—. No hay que precipitarse. A todos los tenemos vigilados y hay que esperar a que termine el informe la policía judicial. Todavía nos faltan varias piezas del rompecabezas.

Y los dos hombres salieron a la calle y se encaminaron al bar que había justo al lado de la comisaría.

Al llegar pidieron dos cervezas, que el camarero sirvió acompañadas de un plato de aceitunas. Los dos, tanto el comisario como el fiscal, sabían que en el interior del bar no podían hablar de asuntos relacionados con la policía; aunque no lo pareciese, el resto de clientes prestaban atención a todo lo que pudieran decir.

Cuando el camarero les sirvió las bebidas, siendo casi las dos del mediodía del miércoles dieciséis de junio, entró por la puerta del bar el escritor León Acebedo. El comisario lo miró directamente a los ojos con descaro.

—Vaya —le murmuró al fiscal—. Ahí está ese idiota.

El fiscal se giró, sin disimulo alguno, y vio que el escritor se sentaba en la primera mesa del bar y reordenaba el servilletero y el palillero en un gesto maniático.

—Es la segunda vez que lo veo hoy —dijo el comisario—. Esta mañana estaba en el bar Caprichos.

—A ver si te está siguiendo —le dijo sonriendo el fiscal.

—¿Ese? —dijo con desprecio—. Ese es gilipollas.

El escritor pidió un vaso de vino y el menú de la casa. Se disponía a comer.

En la televisión estaban echando un programa americano de impacto, donde se veía un secuestro con rehenes de la policía mexicana. El presentador, un hombre joven y de voz aflautada, decía que las imágenes del programa de impacto eran en riguroso directo. Un helicóptero sobrevolaba la zona y grababa un vídeo, tembloroso, donde se veía un hombre armado con una pistola cogiendo por el cuello a una mujer, tan asustada que no decía nada. Ni siquiera se movía. El hombre la agarraba por detrás y su pistola se balanceaba directamente al lado de su cabeza. Desde la grabación del helicóptero, que seguramente sería de la policía mexicana, se podía observar a varios hombres encapuchados, de las fuerzas especiales, cómo iban tomando posiciones cerca del balcón donde se encontraba el hombre armado con la víctima. En la pantalla del televisor no paraban de salir grandes letras blancas explicando lo que estaba ocurriendo.

Ninguno de los clientes del bar prestaba atención. Ninguno, excepto el escritor León Acebedo, que no perdía detalle. El secuestrador gritaba colérico y cada vez movía más el arma que sostenía en la mano derecha. La mujer no paraba de llorar. Las letras blancas indicaban algo así como que había entrado la policía en casa de ese hombre para detenerlo. La mujer era una vecina que vivía en el piso de al lado. El hombre saltó por el balcón y se refugió en su piso. Amenazaba a los policías con matar a la mujer si no se iban de allí.

El escritor comenzó a perder la visión paulatinamente. Todo el bar se oscureció y solamente veía la televisión; aunque con dificultad. Parpadeó de manera espasmódica varias veces queriendo recuperar la vista, pero no hubo forma. Tanto el comisario como el fiscal jefe se dieron cuenta.

—¿Qué hace ese zumbado ahora? —le dijo Josep Mascarell a Eloy Sinera.

—Déjalo, los escritores son muy raros.

En la televisión seguía desencadenándose la situación a marchas forzadas. Uno de los miembros de las fuerzas especiales ya había saltado al piso superior donde estaba el secuestrador y la rehén. Se asomó. Desde arriba tenía un buen ángulo de visión.

Y entonces fue cuando en uno de los parpadeos del escritor León Acebedo dejó de ver al secuestrador. En el mismo lugar solamente estaba la mujer llorando. Sola.

«¿Dónde está?», se preguntó refiriéndose al secuestrador.

Los miembros del grupo de operaciones especiales que había en el balcón de al lado y en el piso inferior saltaron hasta el balcón de la mujer que se había desplomado en el suelo.

—¡Hostias! —gritó el comisario Josep Mascarell—. ¿Has visto? —le dijo al fiscal—. Esos no se andan con chiquitas.

El resto de clientes del bar clavaron sus ojos en la televisión.

El escritor León Acebedo no sabía qué era lo que estaba ocurriendo.

«¿Dónde está el secuestrador?», volvió a preguntarse.

Estaba allí hacía unos segundos y ahora había dejado de verlo. Como si se lo hubiese tragado la tierra.

Como si nunca hubiera existido. Un equipo médico salió al balcón desde el interior del piso y se hizo cargo de la mujer mientras los policías apuntaban al suelo. Pero allí no había nada. Allí no había nadie. La cámara del helicóptero hizo un *zoom* sobre la zona y se acercó lo suficiente para poder ver una panorámica completa del balcón. A la mujer la subieron a una camilla y la entraron dentro del piso, seguramente con intención de bajarla a la calle donde había varias ambulancias y decenas de coches de policía.

—Pobre diablo —dijo el comisario—. Era de esperar que terminara así.

El escritor agudizó la vista intentando ver el balcón. Allí solamente había un grupo de cinco policías apuntando hacia el suelo.

«¿Qué miran esos hombres?», se preguntó.

Le volvía a pasar lo mismo. Como en las otras ocasiones. Ya sabía cuál sería el desenlace, pero a pesar de todo le costaba creerlo. El secuestrador había muerto. Lo mataron los francotiradores de varios disparos certeros. El escritor sabía que su cuerpo yacía en el suelo. Sangrando. Con la muerte esperando a que diera sus últimos suspiros para llevárselo. Y entonces lo vio. Apareció como de la nada. El secuestrador estaba allí, donde había estado siempre.

14

El miércoles por la tarde estuvo Mirella Rosales en el interior del bar Caprichos. Estaba previsto, al día siguiente, el entierro de Adolfo Santolaria en el cementerio de Blanes. El forense había terminado con la autopsia, de la cual no había desvelado el resultado, al pesar sobre la muerte del dueño del bar una investigación policial. Los pocos familiares de Adolfo prepararon un entierro discreto. Tenía un hermano, mayor que él, que vivía en Barcelona, y una tía con la que no se hablaba desde hacía años, que residía en Lloret de Mar. Fue Mirella quien se encargó de darles aviso a ambos.

La chica ecuatoriana no tenía previsto cerrar el bar, ya que ahora era ella la encargada de abrirlo cada día y de no perder la clientela que tanto trabajo le costó a Adolfo cosechar durante los últimos años. Se dispuso Mirella a anotar en una libreta el género que faltaba. Apuntó bebidas, conservas, congelados, café y leche, principalmente. La vida seguía y al final de mes llegarían los pagos a los que la nueva dueña tendría que hacer frente.

«Era un hombre bueno; aunque un poco sobón», pensó Mirella mientras repasaba la lista de la compra.

Adolfo le aportó estabilidad, trabajo y dinero. Los dos se querían, a su manera. El dueño del Caprichos no pretendió nunca iniciar una relación seria con ella. Tan solo pactaron unos encuentros fugaces que se limitaron a unas esporádicas relaciones sexuales, sobre todo cuando a él le apetecía. Ella consintió que Adolfo merodeara a otras mujeres y que se las llevara a su piso de la calle Ter. Pero la ausencia de familia e hijos o pareja duradera hizo que todo lo que Adolfo tenía, bar, piso y dinero, pasase a ella cuando él no estuviese algún día. Así lo dejó escrito ante notario. Y aunque nunca se lo dijo, ella lo sospechaba.

Respecto a la muerte de Adolfo, Mirella prefirió no pensar demasiado en ello. Cualquiera podía haber sido su asesino: un ladrón, una mujer despechada, un marido celoso, un envidioso... Adolfo Santolaria se había granjeado no pocos enemigos dispuestos a terminar con su vida. La chica estaba un poco nerviosa hasta que supiese qué había dejado escrito en sus últimas voluntades. Cualquier posibilidad cabía ante el temperamento excéntrico de Adolfo. Pero tenía que armarse de paciencia y esperar a que llegara el momento. Le extrañó que la policía de Blanes no hubiese registrado el bar, y ni siquiera la hubieran interrogado. No sabía si eso era bueno o malo. O no la consideraban sospechosa de la muerte o la estaban vigilando esperando a que se relajara y diese un paso en falso.

Cuando Mirella Rosales hubo anotado el pedido de género para el bar, aprovechó para limpiar los dos grandes ventanales que daban a la calle. En el exterior había una reja de acero que disuadía a los ladrones de entrar cuando el local estaba cerrado. En el último verano intentaron forzarlo al menos en dos ocasiones, pero cortar los gruesos barrotes les llevaría un tiempo a los autores y en el Passeig Pau Casals siempre había gente por la calle y estaba muy vigilado por la policía, al ser zona comercial y turística. El ventanal más grande era el que había al lado de la barra. Desde allí se podía ver un cacho de mar y las palmeras del paseo marítimo. Mirella se encaramó a un taburete de cocina de tres escalones y se subió al último. Mojó una bayeta en agua y la deslizó enérgica por todo el ventanal. Cuando se disponía a secarlo reparó en un coche que había aparcado a unos metros de la puerta del bar. En el interior había dos chicos jóvenes, que ella no conocía, pero enseguida supo que eran policías. El conductor asía el volante con la mano derecha, martilleando con sus dedos lo que parecía el ritmo de una canción. El copiloto comía pipas arrojando las cáscaras al suelo. Ninguno de los dos miraba al bar.

«Así que es eso», se dijo.

La policía de Blanes no la interrogó porque la estaban vigilando. Ella era una sospechosa o la sospechosa número uno.

Sin embargo, esa misma mañana, cuando entró en el bar el comisario de los Mossos d'Esquadra, Josep Mascarell, le dio la impresión que de quien sospechaba era de la nueva: Cristina Amaya. Mirella había visto el día anterior cómo Adolfo Santolaria quiso propasarse con la chica. Pero eso era algo habitual en él. Una especie de afán de coleccionista: siempre tenía que acostarse; aunque fuese una vez, con las nuevas empleadas.

Mirella recapacitó unos instantes mientras terminaba de recoger el cubo con agua que utilizó para limpiar los cristales. Igual, esos policías no la vigilaban en calidad de sospechosa, era posible que la estuviesen protegiendo. Quién mató a Adolfo también podría querer matarla a ella. Por su cabeza pasó la posibilidad de que a Adolfo lo hubiese asesinado Cristina Amaya, ofendida por lo que ocurrió en el bar la mañana anterior. Ella, en cierta manera, estuvo fuera y no hizo nada por ayudarla, a pesar del apuro que tuvo que pasar. Pero a Mirella le ocurrió lo mismo hacía tres años; aunque accedió a los caprichos del dueño del bar. Después de todo tampoco le fue tan mal. Durante tres años había tenido trabajo, estabilidad, dinero, sexo esporádico con quien quiso, sin que Adolfo le dijese nada, al igual que hacía él. Y ahora, tras su muerte, podía heredar el bar y el piso.

El policía retirado Moisés Guzmán estuvo caminando hasta la calle de la Selva, cerca del paseo marítimo. Allí se metió en un centro comercial y se dispuso a comprar comida para varios días. Al entrar se cruzó con una chica joven, de aspecto rumano, que atendía a un cliente en una caja registradora. Al pasar por al lado ella lo saludó:

—Buenas tardes, señor —le dijo.

Moisés recorrió los cuatro pasillos de la tienda y metió en una cesta de mano, de color verde, varios productos. Su soltería recalcitrante le hacía comprar con rapidez y tampoco se miraba mucho. Sin saber muy bien por qué, adquirió una botella de cava, bastante caro. Lo hizo pensando en su vecina de abajo, esa rubia pecosa que se había cruzado en dos ocasiones sin apenas mediar palabra. Su mente de cincuentón volvió a imaginarla adentrándose en su piso con cualquier excusa. En ese caso bien tendría que tener un buen cava para agasajarla. En cierta manera, Moisés era un romántico.

—Si compra dos hay una de regalo —le dijo la cajera sonriendo cortésmente.

—Gracias —dijo Moisés.

Volvió a la estantería donde había cogido la botella y se hizo con dos más.

«Va a ser mucho peso», meditó.

Desde el supermercado hasta su piso, en la calle Velero, había casi veinte minutos andando. Pero Moisés era un hombre fornido y podía llevar el peso sin problemas.

Cuando pasó por caja la chica rumana le preguntó cuántas bolsas quería.

—Cuestan un céntimo cada una —le dijo.

Moisés calculó el volumen de la compra y respondió:

—Cuatro bolsas.

Una vez que hubo llenado las bolsas con la compra, pagó a la cajera con su tarjeta de crédito, y cuando se disponía a salir a la calle para regresar a casa, vio pasar por delante al hombre del perro, acompañado por su inseparable *Tasco*.

—¡Mecachis! —dijo lo suficientemente alto para que la cajera lo oyese.

—¿Se ha olvidado algo señor?

—Así es —replicó, y volvió a entrar en la tienda.

No quería cruzarse por nada del mundo con ese hombre. Se le estaba empezando a hacer insoportable su sola presencia.

15

En el tanatorio municipal de la calle Pare Puig de Blanes, el forense, ayudado por un joven colaborador, terminó de redactar el informe de la muerte de Adolfo Santolaria. Al dueño del bar Caprichos lo habían asesinado de idéntica forma que al vecino de Lloret de Mar: Sócrates Algorta. El comisario de los Mossos d'Esquadra, Josep Mascarell, y el fiscal jefe de Blanes, Eloy Sinera, conversaban con él.

—Mismo *modus operandi* —dijo el fiscal.

El forense y el comisario asintieron con la cabeza.

—¿Un asesino en serie? —preguntó el comisario en voz alta, esperando una respuesta afirmativa por parte del forense y el fiscal.

—Los dos murieron de la misma forma —dijo el forense ajustándose las gafas—. La trayectoria del objeto punzante no deja lugar a dudas.

El forense sostenía en su mano izquierda un folio con cuatro fotografías donde se podía ver la espalda de los dos cuerpos, el de Sócrates Algorta y el de Adolfo Santolaria.

—El objeto entró por aquí —dijo, señalando la primera foto.

Se podía ver la espalda de Sócrates Algorta con una pequeña punzada redondeada en color rojo.

—Atravesó la aurícula derecha y la víctima murió por paro cardíaco.

Luego el forense señaló la tercera fotografía, que correspondía a la espalda de Adolfo Santolaria, el dueño del bar Caprichos. También había un punto marcado con un círculo rojo.

—Aquí —dijo, poniendo el dedo encima—, el objeto atravesó el ventrículo izquierdo, pero produjo el mismo efecto: paralizó la contracción del corazón. Es posible —añadió—, que la segunda víctima hubiese tardado algo más en morir.

—¿Por la espalda? —preguntó el comisario.

—Seguro —afirmó el forense—. En ambos casos el objeto no llegó a atravesar el cuerpo. Quien lo hizo insertó un objeto muy fino, una especie de varilla muy resistente y afilada, que entró por la espalda y atravesó el corazón, produciendo el paro cardíaco.

—Debe de ser alguien muy fuerte —sugirió el fiscal.

—No puedo determinar si la entrada de la varilla fue de una sola vez o lo hizo de forma intermitente —informó el forense.

El comisario se encogió de hombros y arrugó el rostro en señal de incomprensión.

—Quiero decir que no sé si entró de una sola vez, algo así como una estocada —especificó—, o entró en el cuerpo en varias veces.

—¿Como si la hubieran clavado golpeándola? —preguntó el fiscal.

—Así es —corroboró el forense.

—Tuvo que entrar de golpe —dijo el comisario, convencido.

Los dos hombres lo miraron esperando una aclaración a esa aseveración.

—La muerte tuvo que ser fulminante —explicó el comisario—. Eran dos hombres fuertes y se hubieran defendido. Una mujer tampoco es que tenga la fuerza como para...

—¿Una mujer? —preguntó el forense.

—Claro —afirmó el comisario—. ¿Quién querría matarlos si no?

—¿Podemos saber si tuvieron relaciones sexuales con anterioridad a la muerte? —preguntó el fiscal.

El comisario soltó una carcajada forzada.

—Sí, porque después de muertos no hubieran podido —dijo jocoso.

Al fiscal le hizo gracia el comentario del comisario, pero no al forense, que lo censuró con la mirada.

—Bueno —cambió de tema el comisario—. ¿De qué objeto estamos hablando?

—Hummm —pensó un momento el forense—. Puede ser una especie de varilla larga y, evidentemente, muy afilada. Entró en el cuerpo de los dos hombres como si cortara mantequilla. Yo creo que podría tratarse de una aguja de ganchillo.

El esquema mental que tenía el comisario Josep Mascarell de las agujas de ganchillo era de unas varillas finas y cortas.

—No son lo suficientemente largas —sugirió.

El fiscal asintió con la cabeza.

—No crea comisario —siguió especulando el forense—. Hay unas agujas de ganchillo que pueden medir hasta treinta y cinco centímetros de largo.

—¿Tanto?

—Sí, creo que se llaman tunecinas. En la parte menos afilada se puede adosar algún tipo de pieza que facilite el poder empujar desde ahí.

El comisario asintió, ya que desconocía el tema.

—En ambas muertes —dijo el forense—, el agujero de entrada no tiene la misma profundidad. En el caso del cuerpo de Sócrates Algorta la aguja tuvo que adentrarse más, ya que estaba obeso y había más capa de carne.

—Una aguja de ganchillo... —Se rascó la barbilla el comisario—. Entonces está claro que la autora es una mujer.

El ayudante del forense, que estaba limpiando una pila con agua, giró la cabeza para mirar al comisario. Era un chico joven y de rasgos aniñados. El comentario del jefe de la policía le pareció misógino, pero no dijo nada.

—¿A ti qué te parece, Santi? —le preguntó el forense, que se había dado cuenta de la exclusión de su ayudante en la conversación que estaban teniendo.

—Que los hombres también saben manejar las agujas de ganchillo —dijo para incomodidad del comisario.

Josep Mascarell sonrió y evitó seguir enojando al ayudante del forense, al que los mofletes se le habían vuelto de color granate.

—¿Y una espada? —preguntó el fiscal.

—No —negó tajante el forense—. Es una varilla muy fina, de apenas cinco o seis milímetros de diámetro. Una espada es demasiado gruesa.

—¿Y se pudo clavar en el cuerpo humano a tanta profundidad? —cuestionó el fiscal.

—Depende del material —argumentó el forense—. Seguramente sería de acero o de aluminio..., no lo puedo saber.

—Es posible... —pensó en voz alta el comisario— que a Adolfo Santolaria lo hubieran matado mientras dormía.

El forense asintió con la cabeza.

—El cuerpo lo hallamos en su cama, tumbado boca abajo y sin signos de violencia —siguió diciendo el comisario Josep Mascarell—. Pero... el asesinato de Sócrates Algorta es el que me trae de cabeza.

—Sí. —Se encogió de hombros el fiscal jefe—. Ese murió en su coche mientras estaba parado en el semáforo de la calle Velero.

—El asesino es zurdo —dijo el ayudante del forense, Santi Granados, participando de las indagaciones.

Los tres lo miraron con zozobra.

—¿Zurdo, Santi? —le preguntó el forense.

El chico se puso colorado como un tomate y se apartó el flequillo de la cara con un gesto que al comisario le pareció afeminado.

—Sí —argumentó—. Si murió en su coche es que conducía. El asesino tenía que ir sentado en el asiento del copiloto..., por lo tanto, tiene que ser zurdo. No podría haber clavado la aguja con la mano derecha.

El comisario Josep Mascarell arrugó la frente.

—Bravo —dijo en señal de conformidad—. Un chico listo.

El ayudante del forense recuperó la confianza y el rubor de su rostro se disipó por completo.

—Bueno —dijo el comisario a todos—. Hay una cosa que tiene que quedar clara aquí...

Se puso el dedo índice en los labios mientras los miraba fijamente a los ojos, uno a uno.

Santi Granados se sintió amenazado por aquella mirada asesina.

—Nadie —dijo—. Nadie, nadie... tiene que saber cómo han muerto esos dos hombres. Solo lo sabemos nosotros cuatro. —Los señaló con los dos dedos ligeramente arqueados—. La versión oficial es que Sócrates Algorta murió de un paro cardíaco en el semáforo de la calle Velero mientras conducía. Y Adolfo Santolaria ha sido asesinado en el interior de su piso de la calle Ter por unos criminales que querían robarle. Al dueño del bar Caprichos lo han matado con un cuchillo, eso diré a la prensa y eso será lo que ocurrió.

El fiscal, evidentemente, estaba de acuerdo, al igual que el forense, pero el chico dudó unos instantes. El comisario de los Mossos d'Esquadra vio la incertidumbre en su rostro y le dijo:

—Si estamos ante un asesino en serie, Dios no lo quiera, estamos jodidos si se le hace publicidad. Eso es lo peor para un tipo así. No quiero tener Blanes lleno de hombres maduros de cincuenta años con el corazón atravesado por una estaca.

—Ha dicho tipo —dijo Santi Granados con el rostro serio.

—Eso he dicho —aseguró el comisario.

—Es que antes..., antes ha dicho que la asesina era una mujer.

Tanto el fiscal como el forense sonrieron amablemente.

—*Touché* —le dijo el fiscal al comisario, que no tuvo más remedio que encajar el estoque del ayudante del forense.

16

La mañana del jueves diecisiete de junio fue el día escogido para enterrar al dueño del bar Caprichos, Adolfo Santolaria. El forense ya había terminado con el examen médico y entregó el informe a la comisaría de los Mossos d'Esquadra. El cuerpo del difunto yacía amortajado en el tanatorio de la calle Pere Puig. A las diez de la mañana únicamente estaban allí dos personas: Mirella Rosales y Cristina Amaya, las dos empleadas del bar.

—Ojalá se muera ahora mismo el hijo de puta que lo mató —dijo colérica Mirella, mientras sus ojos se perdían a través del cristal oscurecido de una ventana que había frente a ellas.

Cristina le cogió la mano en señal de ternura hacia su compañera de trabajo.

—¿Vosotros teníais algo? —le preguntó.

Mirella Rosales arrugó la boca y chasqueó los labios.

—Adolfo era un buen tipo —dijo—. Cuando comencé a trabajar con él estuvimos unos meses acostándonos juntos. Era un pervertido. —Sonrió—. Pero buena persona…, muy buena. Luego, pasado el primer verano, se cansó de mí, como se cansaba de todas. Adolfo era un culo inquieto y nunca duraba más de unos pocos meses con una mujer.

Cristina estuvo a punto de decir algo, pero prefirió callar.

—Si lo hubieras conocido más —siguió hablando Mirella—, te hubiera caído bien. Adolfo era especial.

—¿Y el bar? —preguntó finalmente Cristina.

—De momento lo llevaré yo —respondió la chica ecuatoriana—. Sé que tiene poca familia, un hermano y una tía, hermana de su madre, pero no sé ni si vendrán al entierro.

Cristina meditó que alguien tendría que heredar el bar y las propiedades que tuviese Adolfo Santolaria.

—¿Tenía hijos? —le preguntó.

Mirella se ofendió.

—Ya sé adónde quieres ir a parar —dijo, remarcando su acento ecuatoriano—. Si la pregunta es si yo me voy a quedar con todo…, la respuesta es sí. Soy la heredera del imperio Santolaria. —Sonrió.

Cristina le soltó la mano y le palmeó un par de veces en la pierna.

—Pero no solo se mata por dinero —dijo Mirella, mirando fijamente a los ojos de Cristina—. También se puede matar por amor, por odio, por venganza…

Cristina supo que Mirella se había ofendido con su pregunta acerca de los herederos.

—Oh, siento haberte disgustado —se disculpó—.

Mi pregunta no iba encaminada en ese sentido. Ha sido más un interés por saber de su familia.

—Tú eres una recién llegada —le dijo Mirella—. Y no tienes por qué saber nada de ninguna cosa.

Se echó a llorar.

—Lo siento —le dijo Cristina, y le volvió a coger la mano.

—Todo esto es una putada —dijo Mirella—. Alguien mata a Adolfo en su piso y tengo la sensación de que la policía piensa que yo soy la que más números tiene de ser la asesina.

—Pero, cariño —la tranquilizó Cristina—, eso no tiene por qué ser así. El que tú heredes el negocio y el piso de Adolfo no te convierte automáticamente en su asesina. Si así fuera —quiso argumentar—, todos los hijos serían sospechosos de las muertes de sus padres.

Mirella asintió con la barbilla mientras se escurría una gota de llanto por su mejilla.

—Estoy preocupada, ¿sabes? Cuando se sepa lo de la herencia, ese comisario de los Mossos vendrá a por mí.

—¿El cascarrabias de pelo blanco?

—Sí, el que te interrogó ayer en el bar.

—Tendrá que demostrarlo, ¿no? —cuestionó Cristina—. No creo que sea tan sencillo acusar a alguien sin pruebas. ¿Tienes una coartada?

—¿Qué es eso de la coartada?

—Sale mucho en las películas —le dijo Cristina—. Es un argumento en tu defensa, un pretexto, algo así como demostrar que cuando mataron a Adolfo tú estabas en un lugar distinto y por eso no pudiste hacerlo.

Mirella asintió con la cabeza al comprender a qué se refería.

—¿A qué hora murió? —le preguntó Cristina.

La chica ecuatoriana se encogió de hombros.

—Ni idea. La policía no ha dicho nada de nada.

—Ese detalle es importante —dijo Cristina—. Si, y te pongo un ejemplo, a Adolfo lo mataron a las ocho de la tarde y a esa hora tú estabas en otro sitio distinto y hay más personas que puedan corroborar lo que tú dices..., pues la policía tendrá que tragarse su acusación.

—Pero creo que esa tarde estuve sola —dijo quejicosa Mirella—. Yo no suelo quedar con mucha gente, tengo alguna amiga ecuatoriana y unos chicos de Blanes que conozco, pero el martes por la tarde, precisamente, estuve en casa sola.

—¿Sola? —La miró con malicia Cristina.

—Sí..., sola —insistió, pensando que Cristina cuestionaba que ella pudiera estar sola en su casa.

—¿Dónde vives?

—Tengo alquilada una casa en la calle de la Fragata —respondió—. Una casa grande —añadió.

—Pues el martes estuvimos toda la tarde juntas en tu casa —dijo Cristina, sonriendo perversamente.

Mirella abrió los ojos y se mordió el labio inferior.

—¿Qué es lo que quieres decirme?

—Que si las dos estuvimos juntas, y solas, no nos podrán acusar de la muerte de Adolfo —dijo, señalando el cadáver que yacía ante ellas con el dedo índice—. Tú dirás que estuviste conmigo y yo diré que estuve contigo.

—¿Y qué hicimos? —preguntó Mirella, objetando la propuesta de Cristina.

—Hablar, ver la televisión, comer..., yo que sé, cualquier cosa que digamos será redundante. A la policía solo le interesará saber que estuvimos juntas y por lo tanto ninguna de las dos pudimos matar a Adolfo.

—Pero yo no lo maté —dijo Mirella.

—Ni yo —añadió Cristina—. Pero si la policía nos machaca a preguntas y sospecha de alguna de las dos, con decir que estuvimos juntas y en tu casa será suficiente para quitárnoslos de encima. ¿Qué distancia hay entre tu casa y la casa de Adolfo?

—No sé..., unos diez minutos andando. En Blanes no hay distancias, es una población pequeña.

—¿Diez minutos? —Se rascó la barbilla Cristina—. Es poco tiempo. Podíamos haberlo matado cualquiera de las dos..., o las dos a la vez, y llegar a tu casa en diez minutos.

Mirella la miró indignada.

—¿Qué coño estás diciendo?

—Déjame pensar —eludió responder Cristina—. Hay que razonar como lo haría la policía.

Mirella pensó que la estrategia de Cristina estaba más encaminada a su defensa que a la de ella. «¿Y si ha sido la asesina?», se cuestionó. Ella tenía todos los números. Acababa de empezar a trabajar y era una completa desconocida. Nada sabía de su pasado, ni de dónde venía, ni cómo era realmente. Fue asaltada por Adolfo en su primer día de trabajo y ese era motivo más que suficiente para matar a un hombre. Una mujer ofendida es capaz de todo. También, pensó Mirella, que el comisario de los Mossos d'Esquadra, Josep Mascarell, no la había interrogado; el día que estuvo en el bar solamente le preguntó a Cristina. Así que ella era la sospechosa número uno para la policía.

—Bueno —dijo Mirella finalmente—. Cuando llegue el momento de las acusaciones..., si llega, ya veremos qué decimos y qué hacemos.

Cristina asintió al mismo tiempo que le soltaba la mano de nuevo.

17

El jueves por la mañana, el policía retirado Moisés Guzmán decidió ir a la playa. Su piel lechosa le obligaba a refugiarse bajo una sombrilla y a ponerse una copiosa cantidad de crema solar en la cabeza, si no quería quemarse vivo. El sol de junio abrasaba la arena de Blanes y los turistas empezaban a incrementar la población del municipio en casi un tercio. Caminó Moisés por la calle Anselm Clavé hasta llegar a la playa. Evitó pasar por la calle Ter, por el mal recuerdo que tenía del día que mataron a ese hombre y del encuentro con el comisario de los Mossos d'Esquadra. No le gustó nada la forma en que lo trató.

En la playa no había mucha gente. Eran las diez y media de la mañana y los turistas solían llegar a partir de las doce del mediodía. Había varios puestos de venta de bebidas, una *torreta* de madera con dos vigilantes: un chico y una chica, y un enorme tenderete donde se alquilaban hamacas, patinetes y sombrillas, regentado por dos hombres de etnia gitana.

Nada más llegar a la playa, lo primero que hizo fue alquilar una sombrilla y una hamaca, pagando un precio que le pareció excesivo. Compró una lata de refresco de cola y se desvistió, el bañador lo llevaba debajo de la ropa. De un tubo de protector solar se esparció abundante crema por todo el cuerpo. Moisés era un hombre físicamente atractivo, de buenas formas y espalda ancha. Y pese a unos atormentadores kilos que se le agrupaban en la barriga, ofrecía un aspecto agradable. Con pericia extrema extendió la crema por su espalda hasta donde llegaron sus grandes manos y una vez que hubo terminado se dispuso a disfrutar de una soleada mañana de junio.

A esa misma hora se adentró en la playa el escritor León Acebedo. El hombre vestía un pantalón corto de color gris y una camisa similar a la de los cazadores en los safaris. Iba descalzo y tapaba su pelo canoso con un sombrero de ala ancha estilo chambergo. El aspecto general del escritor era extravagante. Bajo su sobaco derecho portaba una abultada carpeta de la que asomaban varios folios y en la mano izquierda sostenía un bolígrafo.

León Acebedo llegó hasta el puesto de refrescos, pasando por delante de la hamaca del policía retirado Moisés Guzmán, y compró una botella de agua. El chico que lo atendió se rio por debajo de la comisura de sus labios, por el aspecto que ofrecía el escritor.

Abrió la botella, le dio un pequeño sorbo, casi ridículo, y se sentó sobre la arena de la playa. Su piel era de un rojo granate, pero se la veía curtida. Los brazos, completamente moteados, indicaban que aquel hombre había pasado la sesentona sobradamente. Se quitó las gafas de varillas resplandecientes y brillantes y las dejó, sin ningún cuidado, sobre la abrasadora arena.

Entre el escritor León Acebedo y el policía retirado Moisés Guzmán apenas había cuatro metros de distancia puestos los dos en fila india; más avanzado el policía. Entre ellos pasaron tres niños de aspecto alemán, con sus cabezas completamente naranjas, chutando un balón de playa, que levantó arena y manchó la espalda de Moisés y ensució las gafas del escritor.

—¡Niños! —gritó Moisés.

El escritor no dijo nada, pero levantó la cabeza, y al hacerlo se cruzaron la mirada entre los dos.

—¿Es usted el policía? —le preguntó León Acebedo.

Moisés se contrarió, apenas llevaba una semana en Blanes y todo el mundo parecía saber su profesión.

—Retirado —dijo.

—Retirado, pero policía —añadió el escritor.

A Moisés le recordó al hombre del perro, que hizo el mismo comentario.

—Moisés Guzmán —se presentó, levantando la mano izquierda—. Vivo en la calle Velero.

—Igual que yo —afirmó el escritor—. Somos vecinos —dijo con cierto tono de alegría.

—Así es... ¿Vacaciones?

—Oh, no —dijo el escritor—. Llevo en Blanes quince años. Desde que... —se detuvo unos instantes— me jubilé.

—¿Policía? —le preguntó Moisés.

—No da usted una. —Se rio León Acebedo—. Soy escritor... de novelas policiacas —añadió.

—Eso está bien —dijo Moisés, sin saber qué más hablar con ese hombre.

—Le quería hacer una pregunta. Si me lo permite, claro.

Moisés asintió con la cabeza.

—Llevo unos años escribiendo una novela que me trae de cabeza. No sé cómo resolver la trama y necesito el asesoramiento de un policía.

—Vaya —exclamó Moisés—, agradezco su ofrecimiento, pero ya estoy retirado.

—¿Retirado? Un policía no se retira nunca.

—Retirado, retirado... —insistió Moisés—. Pero no tengo inconveniente en responder a sus preguntas.

El escritor se levantó y se acercó hasta el lugar donde estaba Moisés. Dejó las gafas metálicas y la botella de agua bajo la sombrilla y se sentó a su lado.

—Mire —dijo, resoplando por el esfuerzo del cambio de asiento—, siempre me han apasionado los asesinos en serie.

Moisés lo miró con recelo.

—Desconozco el tema..., en Huesca no tenemos asesinos en serie —dijo con cierto aire de sorna.

—¡Ah! ¿Es usted de Huesca?

Moisés asintió.

—Estuve una vez en Jaca —dijo el escritor—. Aquella zona es muy bonita, pero fría en invierno.

Moisés sabía que la zona de Huesca tenía fama de fría, pero solo había que vivir allí para darse cuenta de que en invierno no hacía más frío que en otras zonas de España.

—No crea, hace un frío soportable.

—Mire —siguió hablando el escritor—, un asesino en serie tiene peculiaridades que lo caracterizan y diferencian de otro tipo de asesinos. Por ejemplo, suelen dejar un período de enfriamiento entre cada asesinato.

—¿Y por qué hacen eso?

—La motivación del asesino en serie es la gratificación psicológica —respondió el escritor—. Que puede ser por ansia de poder o por compulsión sexual. Necesitan planear los crímenes para no ser pillados por la policía, pero a su vez dejan huellas o vestigios para identificar sus crímenes, para hacerlos únicos y fácilmente identificables.

—Ya le digo que no tengo experiencia —insistió Moisés.

—Pero es policía y me puede ser de ayuda.

Moisés se encogió de hombros.

—Sí, mire, por ejemplo yo le doy unas pautas de un crimen y usted me dice qué haría la policía para investigarlo. Así, de esta forma, me ayuda a pensar cómo resolver mi novela.

—Vale —dijo Moisés—. ¿De qué se trata?

—Lo primero que quiero saber es cómo identifica la policía que los crímenes que se están cometiendo responden al perfil de un asesino en serie.

Moisés meditó un instante.

—Supongo que por el *modus operandi* —dijo—. Matan de la misma forma.

El escritor hizo una anotación de dos líneas en su libreta. Moisés se fijó que era zurdo.

—Siga, siga...

—Las víctimas comparten alguna característica física o laboral o de otro tipo.

—Ponga un ejemplo —animó el escritor.

—El sexo, suelen ser del mismo género: o todos hombres o todas mujeres. La edad. La raza. La apariencia. O incluso alguna característica específica, por ejemplo: mujeres rubias.

—Interesante —dijo León Acebedo—. ¿Hay cruces de sexos? —preguntó.

Moisés no le entendió.

—Sí, quiero decir si mujeres matan a otras mujeres y hombres a otros hombres, o no es imprescindible.

—Hummm —dudó Moisés—. Eso sí que no lo sé. Yo creo que el asesino mata indistintamente. Puede un hombre matar otros hombres y mujeres..., y a la inversa.

—O sea... ¿qué puede haber un asesino en serie que sea mujer? —preguntó el escritor.

—No manejo datos en este sentido —dijo Moisés—. Pero supongo que tan buen asesino es un hombre como una mujer. —Sonrió—. Aunque creo que lo del asesinato en serie corresponde más a un perfil masculino. Seguramente en Internet encontrará más información.

—No creo en Internet —dijo solemne el escritor.

—¿Por qué?

—En Internet se copian unos a otros y, si la fuente está contaminada, también lo estarán los resultados.

—Hay cosas de cajón —dijo Moisés—. Por lo que intuyo los asesinos en serie deben de tener sentimientos de inadaptabilidad e inutilidad. Seguramente sufrieron abusos y humillaciones en la infancia. Y vivían en hogares pobres, lo que acrecienta la sensación de poder cuando cometen los crímenes.

—Entiendo —dijo el escritor—. Pobres y humillados.

—No me haga mucho caso. Ya le dije que no he tratado con ningún asesino en serie en toda mi carrera.

—Bueno, Moisés, me tengo que ir. ¿Podemos seguir hablando en otras ocasiones? Me gusta mucho su conversación.

—Claro —le dijo Moisés—. Además, somos vecinos.

Mientras le decía esto se acordó del hombre del perro y de lo cargante que era su sola presencia. Lamentó el ofrecimiento al escritor ya que presintió que podría tratarse de otro loco desquiciado que le amargara las vacaciones.

El escritor se levantó, no sin cierta dificultad, ya que las piernas se le habían dormido. Se incorporó y se colocó bien las gafas.

—Señor Moisés —dijo extendiendo la mano—, volveremos a charlar en otra ocasión.

Los dos hombres se estrecharon la mano y el escritor León Acebedo se marchó silbando, en dirección al paseo marítimo.

18

Santiago Granados era el joven ayudante del forense de Blanes. Vivía en casa de sus padres en la zona residencial, en la calle Montferrant. Tenía veintinueve años, pero su aspecto era aniñado, incluida su voz. Estudió Medicina en la Universidad de Girona hasta quinto año. Después entró por oposición a las órdenes del forense de Blanes. Era un chico acomodado y madrero, por lo que prefería tener un trabajo menos especializado, pero estar cerca de su madre.

Sus padres nunca le conocieron novias, ni nada parecido. El joven Santiago Granados siempre tuvo inclinaciones homosexuales hacia chicos de su entorno. En la universidad se enamoró de otro alumno de Girona, al que nunca le manifestó su tendencia y sufrió durante cinco inviernos mientras compartían aula. El padre era un conocido gestor de Blanes, dueño de una de las gestorías más boyantes: Gestoría Granados, sita en la avenida de la Estació. La madre una ama de casa de origen humilde que se casó con su padre por dinero, nunca lo ocultó. Aun así los dos se querían y eran, supuestamente, felices. El trato del padre de Santiago Granados hacia su mujer y hacia su hijo siempre fue despectivo y prepotente. Cualquier cosa que dijese su mujer le parecía una memez, y así lo manifestaba; incluso en público. Esa lejanía de su marido hizo que la señora Matilde se buscara un amante en la vecina Lloret de Mar. Así que, de tanto en tanto, se desplazaba hasta allí con el pretexto de realizar alguna compra, y mantenía una tórrida tarde de sexo.

El jueves al mediodía, siendo la una y quince minutos, el joven Santiago Granados llegó a su casa de la calle Montferrant. El padre, Claudio Granados, no estaba en casa, ya que los jueves y los viernes se quedaba a comer en el restaurante que había al lado de la oficina, con la excusa de alguna cita de trabajo. Su madre estaba sentada en un butacón del comedor leyendo un libro. Era una mujer muy cultivada y le gustaba empaparse de novelas, que devoraba a diario. A sus pies dormía un caniche enano, un perro que adquirió en una tienda de animales de Girona y del que se había encaprichado.

—Hola, hijo —le dijo a Santiago.

Este dejó el teléfono móvil, que portaba en el bolsillo del pantalón, en la entrada, y colgó un juego de llaves en un cuadro con varios clavos para colgar objetos que había en la pared.

—Hola, mamá —saludó mientras acariciaba la cabeza del perro.

—¿Ya has terminado por hoy? —le preguntó, cerrando el libro que sostenía entre sus manos.

El trabajo con el forense no tenía un horario establecido. Había días en que iba por la mañana; otros, mañana y tarde, y a veces solo por la tarde. Todo dependía del trabajo que tuvieran pendiente; aunque la última semana había sido agotadora.

—¿Qué estás leyendo?

Su madre le mostró la portada del libro. Era la última novela conocida del escritor León Acebedo: *Muerte a ciegas*.

—¿No me digas que estás leyendo eso? —Sonrió.

El caniche levantó las orejas y bostezó.

—¿Pues sabes que no está mal? —le dijo la madre—. El tío me parece un bobo redomado, pero este libro, al menos, es cautivador.

—¿De qué va?

—Bueno, es un poco extraño. Es un asesino que está perdiendo la vista de forma paulatina y quiere terminar con una serie de personas antes de quedarse ciego del todo.

—Parece interesante el tema —dijo Santiago—. ¿Un asesino en serie?

—No llevo mucho leído, pero todo apunta a que sí. ¿Por qué me haces csa pregunta?

El joven Santiago no solía hablar en su casa del trabajo. Pero el trasiego de la última semana y el exceso de horas, le hicieron comentar el asunto de los dos muertos; aunque no dijo las coincidencias ni las causas. Recordó las palabras del comisario de los Mossos d'Esquadra, Josep Mascarell, haciendo hincapié en eso precisamente.

—Verás, es muy curioso, pero es posible que tengamos un asesino en serie en Blanes.

Después de decir esas palabras, lamentó haberlo hecho. Alarmaría a su madre.

—Dios mío... ¿Un asesino en serie?

—Tranquila, mamá. No mata mujeres —dijo para tranquilizarla.

—No me habías dicho nada. Por eso has trabajado tanto estos días.

—Sí, y digo que es curioso que estés leyendo un libro de León Acebedo que precisamente habla de eso.

—¿El qué es curioso?

—Que el escritor que vive en la calle Velero haya escrito un libro sobre un asesino en serie, cuando el primer muerto cayó fulminado enfrente de su casa.

—¿El hombre ese que murió en el semáforo? —preguntó confundida la madre—. ¿No dicen que fue una muerte natural?

—De natural, nada —dijo Santiago—. Ayer estuvieron en el tanatorio el comisario de los Mossos d'Esquadra y el fiscal jefe de Blanes y las pruebas médicas son tajantes: los dos murieron de igual forma, asesinados —dijo, haciéndose el interesante.

—¿El hombre del semáforo y el dueño del bar Caprichos?

—Sí —asintió Santiago, orgulloso por haber impresionado a su madre.

—¿Y qué dice la policía, saben algo?

—Están barajando varias hipótesis —mintió—. Pero ya tienen cercado al asesino. No tardarán en detenerlo.

—Eso es tranquilizador —se sosegó la madre.

—Sí —siguió diciendo Santiago—. Han creado un

perfil y solamente tienen que ir descartando a los que no encajan.

—¿Un perfil?

—Sí, mamá, los rasgos físicos y de conducta del autor.

—¿Y cómo es ese perfil?

Santiago debía inventarse esa respuesta si quería agradar a su madre.

—Pues... —dudó un instante— es un hombre maduro, de unos cincuenta años aproximadamente, de complexión fuerte, manos grandes, seguramente tuvo una infancia terrible y lo que está claro es que tiene conocimientos avanzados de medicina.

—Vaya, hijo —dijo la madre—. Acabas de describir al forense, tu jefe. Anda con cuidado.

19

El jueves por la tarde, a las seis, enterraban el cuerpo de Adolfo Santolaria en el cementerio municipal de Blanes. Al mediodía estaban en el tanatorio de la calle Pere Puig Mirella Rosales y Cristina Amaya. Por la puerta entraron dos personas que ninguna de las dos mujeres conocía: un hombre y una mujer, ambos muy mayores.

—Buenos días —dijeron los dos al unísono.

Mirella y Cristina también respondieron al mismo tiempo.

Ante ellas descansaba, apacible, el cuerpo sin vida de Adolfo Santolaria. En el ataúd únicamente se le podía ver la cara, finamente maquillada.

—Pobre diablo —dijo la mujer mayor.

Enseguida se presentó a las dos chicas.

—Gertrudis —dijo—. Soy la hermana de su madre.

Las chicas no preguntaron, pero supusieron que la madre estaba muerta.

El hombre también se presentó.

—Fernando —dijo—. Soy su hermano.

Mirella Rosales sabía de esos dos familiares, ya que en una ocasión Adolfo se los nombró. Le dijo que tenía un hermano mayor que él, que vivía en Barcelona, y una tía que residía en Lloret de Mar, con los que no se hablaba. Pero a los entierros siempre iban todos: amigos y enemigos.

—¿Recibieron mi aviso? —les preguntó la chica ecuatoriana.

Los dos asintieron con la cabeza.

Mirella había mandado un telegrama a ambos comunicando la muerte. La dirección la sacó de una libreta que tenía Adolfo en el bar Caprichos.

—¿Cómo ha sido? —preguntó el hermano.

Mirella se encogió de hombros.

«¿Y qué más dará eso?», pensó.

—Lo han encontrado muerto en su piso de la calle Ter. Pero la policía aún no ha dicho nada.

—¿Asesinado? —insistió el hermano.

—Seguramente.

—¿Quién? —dijo la tía de Lloret de Mar.

—No se sabe —replicó Mirella.

Cristina observó la conversación, ajena a todo. Tanto el hermano de Adolfo, como la tía, estaban intentando averiguar cómo murió su familiar. Pero las preguntas las hacían en un tono acusador. Al menos eso le pareció a la chica de Barcelona.

—¿Les apetece un café? —sugirió—. Todos estamos muy cansados.

Los dos recién llegados asintieron con la cabeza y Mirella dijo:

—Creo que lo necesitamos.

Salieron a la calle en un caluroso mediodía de junio. El sol aplastaba sus rayos contra todo lo que se le pusiera por delante. Fernando, el hermano de Adolfo, se acopló en la cara unas antiestéticas gafas de sol.

—No se parecen ustedes —dijo Cristina para romper el hielo.

—¿Perdón? —preguntó Fernando, que no la había oído.

—Digo que Adolfo y usted no se parecen mucho para ser hermanos.

—¿Acaso lo duda? —salió al paso la tía Gertrudis.

—Oh, nada de eso —se defendió ella—. Era un comentario.

El bar, que más bien parecía una cantina, estaba a unos pocos metros del tanatorio. La decoración era austera y poco colorista. Los propietarios tuvieron en cuenta el lugar donde habían enclavado su negocio.

—¿Qué desean? —preguntó un camarero perfectamente uniformado de negro y sosteniendo un trapo para secar vasos en la mano.

—Café —dijo Cristina.

—Lo mismo —dijo Mirella.

—Una botella de agua —pidió Fernando.

—Yo, nada —dijo enfadada la tía Gertrudis.

Los cuatro se sentaron en una arrinconada mesa cuadrada que había al fondo del local. En la barra discutían dos hombres, hablando en catalán, acerca de la crisis en la hostelería por culpa de una mala administración del gobierno.

—Y bien —dijo la tía Gertrudis—. Ahora eres rica.

Mirella Rosales se temía un comentario así por parte de la familia de Adolfo. Ya suponía que para ellos era una buscona que había tenido suerte con su muerte.

—Eso no lo sé —dijo airada—. No se sabrá hasta que no se abra el testamento. A lo mejor... es usted la heredera.

Cristina le tocó la pierna a Mirella con su pie.

—O no... —replicó la tía Gertrudis—. Yo no tenía ningún interés en que Adolfo muriera.

—Por Dios bendito —saltó Mirella—. Son ustedes unos buitres desquiciados.

—Tranquila —le dijo Cristina, frotándole el hombro.

Mirella la apartó de un manotazo.

—Me importa una mierda lo que piensen de mí —les dijo a los familiares de Adolfo—. Llevo tres años trabajando en el bar, codo con codo, con Adolfo, al que ustedes retiraron la palabra hace tiempo. Nos queríamos, a nuestra manera, pero nos queríamos. Ustedes son tan retrógrados que no podrán entenderlo nunca.

La tía Gertrudis se aplacó al ver la explosión de genio de Mirella.

—Has de comprender que la muerte de Adolfo ha sido un duro mazazo para nosotros.

Mirella se echó hacia atrás y soltó una sonora carcajada que hizo que los dos hombres de la barra se giraran hacia la mesa donde estaban ellos.

—Ja, ja y ja —dijo—. Para ustedes, Adolfo no era más que un desperdicio y ni siquiera les preocupó si las cosas le iban bien o mal, si enfermaba, si era feliz... Ahora sé por qué están aquí. ¿Creen que me chupo el dedo? Están aquí porque han olido dinero. Han venido a adueñarse del piso, del bar y de los quinientos mil euros que tenía en la cuenta...

Los ojos de la tía Gertrudis y de Fernando se abrieron hasta casi salirse de las órbitas. Mirella supo en ese momento que la familia de Adolfo no sabía nada del dinero. Y Cristina la miró con complicidad.

—No sabíamos nada de ese dinero —dijo Fernando, mirando a la tía Gertrudis, mientras encogía los hombros.

—¿De dónde sacó Adolfo esta fortuna? —cuestionó la tía Gertrudis—. ¿De las drogas? —preguntó.

A Mirella no le gustó esa pregunta.

—Ven como ustedes no saben nada de Adolfo... Él no tomaba drogas.

—Pero... ¿las vendía? —siguió preguntando la tía.

—Ni tomaba, ni vendía, ni compraba. Tan solo era un empresario honrado que trabajaba en su bar.

—¿Y un bar puede dar quinientos mil euros? —preguntó Fernando.

Los cuatro se callaron mientras el camarero les ponía los cafés y el agua encima de la mesa; aunque la conversación que estaban teniendo no le pasó inadvertida. El bar era tan pequeño que se oía cualquier cosa que dijeran.

—Un bar, no. Pero Adolfo hacía otras cosas. Había vendido unos pisos que adquirió en Lloret y Calella. Ese dinero lo supo invertir y el rédito lo tenía en un banco.

—Un rédito que heredarás tú —acusó de nuevo la tía Gertrudis.

A pesar de que Mirella sabía que casi seguro la fortuna de Adolfo iba a ser para ella, no quería llevarse mal con los pocos familiares que tenía, ignoraba hasta cuándo podrían ellos entrometerse en su vida, así que prefería ser cortés.

Mientras tomaban el café entró un hombre por la puerta que ya era conocido de Mirella y de Cristina. Ambas lo habían visto en contadas ocasiones. Era una persona muy peculiar, delgada y muy alta. Acompañado por un perro de la raza beagle, que dejó atado a un árbol de la calle.

—*Tasco* —le dijo al perro—. No te muevas de aquí hasta que yo regrese.

El hombre del perro tuvo buen cuidado de dejar a *Tasco* a la sombra del árbol y entró en el bar llamando al camarero por su nombre.

—Basilio —le dijo—. Un plato de agua para *Tasco*. No quiero que se muera de deshidratación.

El camarero sonrió y le entregó una palangana de plástico que puso de inmediato delante del morro del perro. Este empezó a beber tan deprisa que la mitad del agua se derramó fuera.

El hombre del perro se acercó hasta la mesa donde estaban los familiares de Adolfo Santolaria y dirigiéndose a Mirella Rosales dijo:

—La acompaño en el sentimiento.

Mirella lo miró con inquietud y respondió:

—Gracias, señor...

El pésame no sonó sincero. Parecía que aquel hombre tuviese algún tipo de animadversión hacia Mirella.

—Fausto Anieva. Soy Fausto Anieva —repitió—. A usted ya la conozco —dijo refiriéndose a Cristina—. Somos vecinos en la calle Velero.

Cristina asintió con la barbilla.

—Allí vivo —dijo—. Seguramente le he visto por la calle en alguna ocasión.

—Oh, sí, seguro que sí —dijo el hombre del perro—. Vivo en el número veinte. En el mismo bloque que el escritor León Acebedo, ¿lo conocen?

Mirella balanceó la cabeza.

—Sí, es cliente del bar Caprichos.

—Justo enfrente de mi ventana fue donde murió el hombre del semáforo —afirmó visiblemente emocionado, como si fuese algo realmente importante.

—¿Otro muerto? —preguntó Fernando Santolaria.

—Sí, otro. —Sonrió el hombre del perro—. El pobre se quedó frito en el interior de su coche mientras estaba parado en el semáforo. ¿Es usted el hermano de Adolfo?

—Sí —respondió Fernando.

—Le he reconocido porque son ustedes clavados. El parecido es admirable.

—Por aquí no piensan lo mismo —dijo Fernando, mirando con inquina a Cristina.

—Bueno, les dejo. Voy a ver a Adolfo un rato.

Y salió por la puerta del bar dejando a su perro *Tasco* jugando con la palangana que le había entregado el camarero.

—Un tipo peculiar —opinó Fernando.

—Sí —aseveró la tía Gertrudis—. A mí no me ha dado el pésame y eso que también soy familia de Adolfo.

20

El viernes dieciocho de junio, siendo las nueve de la mañana, se hallaba en su despacho el forense de Blanes, Amando Ruiz. Era un hombre grueso, con pelo lacio y con mechones grises. Enorme papada. Y poblado bigote que le tapaba la boca por completo. De vida rutinariamente ordenada, hasta la primera semana de junio su labor en el tanatorio había transcurrido con relativa calma. Pero el lunes siete de junio los servicios funerarios trajeron a un hombre que había muerto, fulminado, en el semáforo de la calle Velero, en la confluencia con la calle Antonio Machado. Ese hombre, llamado Sócrates Algorta, era un vecino de Lloret de Mar, cuyo aspecto físico se asemejaba al del propio forense. Pocos eran los hombres que en la actualidad portaban bigote exclusivamente, ya que la moda era la perilla o barba recortada, pero bigote solo ya estaba en desuso.

Lo que al principio pareció una muerte natural debido a un fallo de corazón, ya que Sócrates Algorta contaba cincuenta y ocho años cuando falleció, se destapó como un asesinato, cuando el forense halló un pequeño orificio en la espalda del cuerpo, que atravesaba el corazón por su aurícula derecha y había provocado la muerte de Sócrates Algorta.

El forense Amando Ruiz ya se las había visto en más de una ocasión con asesinatos crueles. Pero era la primera vez que examinaba un cadáver muerto con la pericia de un auténtico carnicero. La persona que le clavó el objeto en el corazón era alguien conocedor de aspectos profundos de medicina. No había que olvidar que el hombre estaba conduciendo y que la posición que adoptaba ante el volante de su coche era de tensión, por lo que la espalda ofrecía al asesino una curvatura que dificultaba hallar la situación exacta del corazón. El forense se documentó e incluso llamó por teléfono a un colega de Barcelona y le dijo que nunca había visto un asesinato de ese estilo y mucho menos con un solo estoque. Hubiera tenido más sentido si en la espalda de Sócrates Algorta hubieran aparecido varias punzadas, pero una sola era fruto o de la casualidad o de unos conocimientos anatómicos excelsos del autor del crimen.

Cuando el forense se lo comunicó, de forma confidencial, al comisario de los Mossos d'Esquadra, Josep Mascarell, ambos convinieron en la necesidad de mantener el secreto y no informar a la prensa, ni a los familiares, de la forma en que se había producido el crimen. Si se hiciera público que un hombre había sido asesinado en un semáforo de una concurrida calle de Blanes, el turismo y la población se verían afectados y máxime cuando empezaba el verano más caluroso de los últimos treinta años. Hasta la medianoche del lunes siete de junio solamente había tres personas en Blanes que supieran que Sócrates Algorta había sido asesinado con una punzada por la espalda que le atravesó el corazón. Lo sabían el propio forense, Amando Ruiz, el comisario jefe de los Mossos d'Esquadra, Josep Mascarell, y el fiscal jefe que también fue informado, Eloy Sinera. Esas tres personas, junto al asesino, eran los únicos que sabían cómo se produjo la muerte.

El martes por la mañana también se enteró el ayudante del forense, el joven Santiago Granados. El forense le dijo que guardara riguroso secreto de las causas de la muerte de Sócrates Algorta, pues peligraba una de las investigaciones más importantes de Blanes de los últimos años. El propio comisario Josep Mascarell les dijo a todos que había que tener en cuenta que en las poblaciones como Blanes, donde los habitantes prácticamente se duplicaban en verano, cabía la posibilidad, nada descabellada, de que el asesino no fuese de allí; incluso podría ser un extranjero de Francia o Alemania, lo que dificultaba su detención una vez transcurrido un plazo más o menos amplio. Así que todos se pusieron manos a la obra para localizarlo cuanto antes.

El lugar donde se produjo el crimen era llamativo, sin duda. La calle Velero pertenecía a la zona situada más arriba de la carretera de la Costa Brava y por estar alejada de la playa era un revulsivo de los turistas que optaban por residencias más próximas al mar. En las primeras y rápidas pesquisas del comisario de los Mossos d'Esquadra solicitando el padrón municipal de Blanes, se percató de que en esa calle hacía relativamente poco habían venido a vivir tres personas muy peculiares. Le recordaron a los protagonistas de la película *Vidas rebeldes*, una película de almas perdidas y corazones solitarios, con tres actores que bien podrían ser los nuevos vecinos de la calle Velero. Tres personas en el ocaso de sus vidas: Clark Gable, Marilyn Monroe y Montgomery Clift. O lo que es lo mismo: Moisés Guzmán, Cristina Amaya y León Acebedo. Se preguntaba el comisario de los Mossos qué es lo que harían en esa calle tres personas tan dispares, pero tan similares al mismo tiempo. Un policía nacional de Huesca retirado, una chica sola de aspecto angelical y un escritor setentón que solamente había publicado seis novelas en toda su vida, pero que la última, la más conocida, trataba sobre un asesino en serie. Parecía el guion de una de sus novelas, perfectamente orquestado para que coincidieran los personajes.

Para el comisario Josep Mascarell, todos, absolutamente todos, podían ser los asesinos. Incluso los tres a la vez, llegó a pensar. Caviló el jefe de la policía acerca de la motivación del crimen. No le faltaron argumentos. El policía retirado Moisés Guzmán tenía la fuerza y los conocimientos suficientes para llevarlo a cabo. El crimen se cometió frente al número veinte de la calle Velero y él residía en el número dos, por lo que en un minuto ya estaría refugiado en su casa. Incluso, meditó, el estoque en el corazón de Sócrates Algorta se podría haber producido frente al portal del policía retirado y conducir moribundo los veinte metros de distancia hasta el semáforo donde sucumbió cuando se le paró el corazón. Una herida así no producía una muerte inmediata.

Respecto a la chica, Cristina Amaya, también vivía en el mismo bloque que Moisés Guzmán y también hacía menos de una semana que se había trasladado allí. El comisario pidió un informe detallado a la policía de Barcelona y cuando le dijeron que su padre, Antonio Amaya, había fallecido en el mes de noviembre de un cáncer de colon en su piso de la calle Bac de Roda, las sospechas del jefe de policía se centraron en la relación que hubiera podido tener Cristina con su padre. El asesinato de la calle Velero era también un crimen pasional y para el comisario el autor respondía más al perfil de una mujer que al de un hombre, pero no quería descartar nada. El servicio de atención a la familia de la Ciudad Condal le hizo una llamada el fin de semana, el viernes once de junio, y le dijo que constaba en su base de datos una vigilancia discreta a la familia Amaya, ya que el padre tenía antecedentes por maltrato. Pero no fue hasta el lunes catorce de junio cuando le llegó por correo electrónico al jefe de los Mossos el informe completo. Le llamó la atención la profesión de la madre de Cristina Amaya, Viviana Baeza, la mujer había sido toda su vida cosedora. Los últimos años trabajó en la economía sumergida, pero lo que más le sorprendió al comisario de los Mossos d'Esquadra, fue que la madre de Cristina estuvo empleada en un taller de costura de la Barceloneta en los años noventa y se especializó en el ganchillo. La modalidad era el croché, y consistía en tejer manteles artesanales para sobremesa, utilizando para ello unas agujas de ganchillo tunecinas de treinta y cinco centímetros de largo.

Y luego estaba el escritor León Acebedo. También

tenía todos los números de ser el asesino. Residía justo enfrente del semáforo donde murió Sócrates Algorta. Escribía novelas policiacas de asesinos en serie y la forma en que murió el vecino de Lloret de Mar hacía pensar que era una de esas novelas puesta en escena. Para el comisario Josep Mascarell podría ser una prueba de fuego del propio escritor buscando el crimen perfecto. Pero... ¿por qué Sócrates Algorta? Podría ser una víctima elegida al azar. Uno cualquiera que pasara esa tarde por la calle Velero. Ninguno de los tres sospechosos tenía relación con él... aparentemente.

Cuando la tarde del martes quince de junio apareció el cadáver del dueño del bar Caprichos, Adolfo Santolaria, en su piso de la calle Ter, las cosas se pusieron al rojo vivo en la comisaría de los Mossos d'Esquadra. El comisario jefe solicitó al forense que hiciese la autopsia lo más rápido posible. El cuerpo del dueño del bar Caprichos estaba boca abajo en su cama y no llevaba la camisa puesta, semidesnudo. A la llegada de los servicios sanitarios se podía observar en su espalda, a la altura del corazón, un pequeño orificio de donde supuraba sangre. Josep Mascarell tuvo un mal presentimiento: ese hombre había sido asesinado de la misma forma que el hombre del semáforo. Luego supo que la primera corazonada era cierta: estaban ante un asesino en serie.

21

El viernes dieciocho de junio se habían citado a las diez de la mañana los familiares de Adolfo Santolaria: la tía Gertrudis y su hermano Fernando, junto a Mirella Rosales, en el notario de la calle Pere Roure. El notario era un hombre afable, de mirada lánguida y decaída que hablaba despacio y parsimonioso. Los recibió a los tres en un amplio despacho con decoración anticuada pero armoniosa. La oficina estaba situada en un primer piso de un bloque de viviendas, construido a finales de los años noventa. El notario, Abel Paituví, era de origen gerundense y se desplazó con su mujer y dos hijos a Blanes, a principios del año dos mil, asentándose todos en la ciudad.

—*Bon dia* —dijo con un marcado acento catalán.

Los tres respondieron al mismo tiempo.

—Buenos días.

El notario, viendo que hablaban castellano, siguió hablando en su lengua para no incomodarlos y también para entenderse mejor entre todos.

Abrió una carpeta en cuya portada se podía leer en letras negras bien grandes el nombre del difunto: Adolfo Santolaria. De la carpeta extrajo una serie de folios, que ordenó con parsimonia sobre la amplia mesa.

—Veamos —dijo—. Aquí tengo el certificado del Registro de Actos de última voluntad.

Adolfo Santolaria hizo testamento el invierno anterior a su muerte, algo que ya conocía la empleada ecuatoriana Mirella Rosales, ya que fue el propio Adolfo quien se lo dijo en una ocasión.

En un folio impreso en papel del Estado y rubricado con varias firmas, se dispuso a leer el notario Abel Paituví lo que sería la herencia de Adolfo Santolaria. El hermano del difunto y su tía cruzaron los dedos. Aún no estaba todo perdido y tenían la posibilidad de que no hubiese dejado testamento escrito, por lo que podrían coger un buen cacho de la «herencia». Eso pensaron al menos.

Para la tía Gertrudis el dinero no era un problema. Ella no lo necesitaba, pero no quería que la chica ecuatoriana se hiciese con el esfuerzo de su sobrino. Igualmente le ocurría a su hermano Fernando, detestaba que esa chica se quedara la fortuna de Adolfo.

El notario leyó muy despacio y vocalizando perfectamente lo que Adolfo dejó escrito en herencia. Cuando terminó de leer, el aire del despacho se hizo irrespirable. Tal y como todos temían, se lo había dejado todo a la chica ecuatoriana. Piso, bar y dinero.

—Maldita seas —le dijo Gertrudis, poniéndose en pie y saliendo del despacho.

Fernando Santolaria la siguió con intención de tranquilizarla, pero no fue más que una excusa para escapar de allí. Después de aquello no quería volver a ver a esa chica.

El notario Abel Paituví le hizo firmar en varios documentos y cuando hubo terminado le deseó una sincera suerte.

—Es usted una mujer rica —le dijo.

Mirella Rosales contuvo una risa desbocada y asintió recatada.

El notario le dijo que tendría que realizar una serie de trámites en las siguientes semanas, como era cambiar de nombre el bar y el piso y administrar los quinientos mil euros. Ella ni siquiera le prestó atención, estaba eufórica.

A esa misma hora, pero en Girona capital, se hallaba en la consulta de un conocido oftalmólogo el escritor León Acebedo. Hacía ya varias semanas que solicitó hora, pues las pérdidas esporádicas de visión lo estaban asustando. Cada vez eran más frecuentes y él las relacionaba con muertes inminentes, ya que se percató de que cuando alguien iba a morir se ocultaba a su vista. El escritor tenía setenta años y siempre fue hombre culto y cuerdo, pero dentro de su dolencia empezó a temer que lo que realmente le ocurría es que se estaba volviendo loco. Llevaba dos años enteros trabajando en lo que seguro que sería su último libro. Otra novela policiaca acerca de un asesino en serie. La última que escribió caló entre su reducido grupo de lectores y quería seguir con ese filón. La novela *Muerte a ciegas* consiguió venderse bien y algunos libreros de Lloret y Calella la tenían entre sus novedades.

—¿Hace mucho que le viene ocurriendo? —le preguntó un oftalmólogo demasiado joven como para infundir confianza al escritor.

León Acebedo parpadeó unas cuantas veces para disolver el líquido que el médico le había puesto en los ojos.

—La repentina pérdida de visión me ocurre desde siempre —afirmó—. Pero más desde que empecé el noviazgo con María Antonia.

El oftalmólogo supo que se refería a su mujer.

—¿Siempre es igual?

—Sí, veo bien. Bastante bien —añadió—. Pero en ocasiones parece como si una cortina negra se fuese cerrando alrededor del ojo hasta ver solamente a través de un agujero estrecho.

—Como el obturador de un diafragma... —dijo el médico.

León Acebedo sabía a qué se refería, al disco que regulaba la cantidad de luz que entraba en una cámara fotográfica.

—Así es, exactamente lo mismo. Es como si el diafragma de una cámara se fuese cerrando hasta casi no dejar pasar la luz.

—Hummm —murmuró el médico.

—¿Ha visto más casos así? —preguntó el escritor, deseando no ser un bicho raro.

—No, la verdad es que no. He visto personas que han perdido la visión temporal, pero a intervalos como usted no. Es posible... —se quedó pensando un instante— que tenga que ver con la glucosa en la sangre o la hipertensión. ¿Se ha hecho una analítica últimamente?

El escritor negó con la cabeza.

—Pues debería. Hay que descartar otras patologías antes de hacer un diagnóstico.

León Acebedo estuvo a punto de decirle que esas pérdidas de visión coincidían con la muerte de alguien, incluso le iba a poner algún ejemplo. Pero se dio cuenta de que aquel médico lo iba a tomar por loco y seguramente nunca más le atendería de igual forma. Así que optó por no decir nada.

22

La tarde del viernes dieciocho de junio, salió de su piso de la calle Velero el policía retirado Moisés Guzmán. En su cabeza portaba una gorra de visera, ya que el día anterior había tomado el sol en exceso y a pesar de haberse puesto abundante crema protectora, la coronilla se le puso roja como un tomate. Además, le picaban los hombros y había una zona de la espalda donde no llegó con la mano que también se le había quemado. Las tiendas comenzaban a abrir y por delante de él pasaron dos coches, uno de ellos con los cristales ligeramente tintados y ocupado por dos chicos jóvenes con el pelo muy corto. A Moisés le parecieron policías. Pero pensó que, después de los dos crímenes cometidos en apenas dos semanas, era normal que los Mossos d'Esquadra vigilaran la zona. El coche se detuvo frente al semáforo, donde el lunes siete de junio falleció aquel hombre de Lloret de Mar. El conductor echó un vistazo al bloque de enfrente y el copiloto se bajó e hizo un par de fotos con una cámara digital. Moisés elevó la vista hasta el último piso y vio asomado en su balcón al escritor León Acebedo. Más abajo, en el primer piso, había un perro suelto en la terraza que no paraba de jugar con un muñeco de plástico, era *Tasco*, el beagle del hombre del perro. Su dueño no se asomó.

Enfrascado como estaba Moisés en unos pensamientos acerca de las extrañas muertes y de los peculiares vecinos que le habían tocado en suerte, pasó por su lado la vecina del segundo, la atractiva Cristina Amaya. La chica no pudo evitar la mirada del policía retirado.

—Buenas tardes —saludó un poco obligada.

Moisés se quedó perplejo. La impresionante pelirroja vestía unos pantalones de tenista blancos, tan cortos que se dibujaba una línea por debajo de su trasero. Pero lo mejor de todo, para el cincuentón de Huesca, era la camiseta blanca de tirantes que dejaba poco a la imaginación.

—Hola, vecina —respondió, queriendo ser agradable.

—Hoy hace más calor que nunca —dijo ella.

La chica se pasó la mano por la frente y se quitó dos perlas de sudor que estaban a punto de resbalar.

—¿De fiesta? —le preguntó Moisés.

—Sí. Ayer y hoy no hemos abierto el bar —dijo refiriéndose al bar Caprichos—. Ya sabe, el entierro y eso —añadió—. Pero me ha dicho la nueva dueña que mañana estará abierto de nuevo.

Moisés no entendió lo de la nueva dueña, pero intuyó que era la chica ecuatoriana y que había heredado el negocio.

—Vaya golpe más duro ha tenido que ser lo del asesinato del propietario del bar —dijo Moisés—. Y yo que esperaba encontrarme con un sitio tranquilo —lamentó.

—Bueno —replicó Cristina—. Yo vengo de Barcelona y allí no es algo tan extraño que la gente muera.

La chica quiso hacerse la dura.

A Moisés le salió la vena policial y se atrevió a preguntar:

—¿Se sabe algo del crimen?

Cristina se encogió de hombros.

—La policía no ha dicho nada aún. Supongo que seguirán investigando.

—Bueno —dijo Moisés—. Morir con el corazón atravesado es algo inusual.

El policía retirado se acordó de las palabras del hombre del perro, cuando le dijo: «Si que te atraviesen el corazón con un alfiler enorme es natural...»

—¿Quién le ha dicho eso? —preguntó confundida la chica.

—¿No ha sido así como ha muerto el dueño del bar?

—¿Adolfo?

—Bueno, no sé cómo se llamaba.

—Adolfo Santolaria no ha muerto así, como usted dice. ¿Por qué piensa eso?

Moisés Guzmán se sintió contrariado. Recordaba las palabras del hombre del perro que le dijo que los dos hombres, el del semáforo y el dueño del bar, habían muerto de igual manera: con el corazón atravesado por un alfiler. Pero ahora que lo pensaba le parecía absurdo, ¿cómo va a matar un alfiler?

Cristina Amaya miró con recelo a su vecino.

—Oiga —le dijo—. Es usted muy raro. ¿Un alfiler?

—No me haga caso —se excusó él—. Debe de ser este calor que me está matando.

Cristina inició la marcha hacia la calle Antonio Machado y Moisés la siguió. Los dos pasaron por delante del quiosco de la calle Velero, la dueña estaba en la puerta fumando un cigarro que aspiraba con fruición. Al pasar por delante del número veinte, el coche con los dos chicos jóvenes arrancó despacio y torció dirección a la carretera de la Costa Brava. El perro de nombre *Tasco* del primero soltó un sonoro ladrido y su dueño salió a regañarlo.

—Ya te he dicho que molestas a los vecinos —le gritó.

Fausto Anieva, el hombre del perro, vio pasar por debajo de su balcón a Moisés y a Cristina, y les llamó emocionado.

—Eh —dijo—. ¿Van ustedes a pasear?

—Lo que faltaba —murmuró Moisés.

—¿Un amigo suyo? —le preguntó Cristina al policía, mientras se le escapaba la risa por debajo de los coloreados labios.

—Un vecino —replicó Moisés—. Precisamente es quien me dijo que los dos hombres muertos fueron asesinados con un alfiler.

Cristina lanzó los ojos hacia el cielo como si estuviera implorando cordura a sus vecinos.

—Caminemos deprisa antes de que nos siga —sugirió Moisés.

Pero el hombre del perro ya había bajado a la calle y *Tasco* corría pletórico por entre los árboles.

—No es buena hora para caminar —les dijo sonriendo—. Hasta las nueve de la noche es mejor no salir a la calle. El calor les puede matar.

Mientras andaban por la calle Antonio Machado, Moisés aprovechó la última frase del hombre del perro para preguntarle:

—Hablando de matar —le dijo—. ¿Fue usted quien me dijo que a los dos hombres los habían asesinado con un alfiler?

El hombre del perro se rio a carcajada limpia. Cristina deseó que se la tragara la tierra. El asunto de las muertes no era de su incumbencia.

—Sí, así es. Como buen policía tiene usted buena memoria —alabó.

A Cristina, saber que el vecino de arriba era policía, la tranquilizó.

—Policía retirado —puntualizó Moisés.

—Pero policía al fin y al cabo —dijo el hombre del perro.

Cristina quería separarse de esos dos hombres, pero aunque caminara más deprisa, ellos no dejarían de ir a su lado.

—¿Quién le ha dicho que murieron así? —preguntó Moisés.

—Bueno —dijo Fausto Anieva—, Blanes es un pueblo muy pequeño y todo el mundo se conoce. No es fácil guardar un secreto.

—¿Un secreto? —se interesó Cristina.

Un coche ocupado por cuatro jóvenes alemanes le dijeron algo desde la ventana al pasar por al lado.

—*Schöne Frau!* —gritaron mientras reían.

—¡Imbéciles! —replicó ella.

—Vaya carácter —admiró Moisés.

—Le han dicho un piropo —dijo el hombre del perro.

—¿Cuál? —preguntó Moisés.

—Mujer hermosa.

—Eso no es un piropo —dijo el policía retirado—. Eso es una aseveración.

Cristina se sonrojó levemente, pero no se le notó pues su piel ya había cogido color de los días de sol de Blanes.

—¿Cuál es ese secreto? —retomó Cristina la conversación.

—La muerte de esos dos hombres —dijo el hombre del perro—. Conozco una familia que reside en la calle Montferrant. El hijo, muy guapo, es ayudante del forense. Su madre tiene un precioso caniche enano con el que algunas veces coincidimos en el parque cuando lo saca a pasear. —Fausto Anieva bajó la voz como si temiera ser escuchado—. Shhh —susurró—. Su hijo estuvo en las autopsias y sé de buena tinta cómo murieron esos dos hombres.

—¿Cómo? —preguntó en voz muy baja Cristina.

A Moisés se le erizaron los pelos de la nuca. La chica tenía una voz realmente sensual.

—Les atravesaron el corazón con una aguja de ganchillo...

—Eso es ridículo —dijo Moisés—. Una aguja de ganchillo es muy corta.

—Hay muchas clases de agujas —explicó Cristina—. Mi madre ha sido cosedora en Barcelona y tejía manteles con agujas tunecinas.

—¿Tunecinas? —preguntaron a la vez Moisés y Fausto.

—Sí, pueden medir hasta treinta y cinco centímetros de largo.

—¿Y qué más se sabe? —se interesó el policía retirado.

—Que el asesino es zurdo.

—¿Zurdo? —cuestionó Moisés.

—Sí. Zurdo del todo.

—Y eso... ¿Cómo lo sabe el forense?

—Lo sabe la policía —dijo el hombre del perro—. Por la posición de los cuerpos cuando los mataron.

Tanto Moisés Guzmán como Fausto Anieva como Cristina Amaya eran zurdos. Pero ninguno de los tres dijo nada.

Y cuando los tres se separaban en la confluencia de la carretera de la Costa Brava, pasó por al lado un vehículo camuflado de la policía conducido por el comisario Josep Mascarell.

—Los dos juntos... Hummm —musitó, refiriéndose a Moisés y Cristina.

23

El sábado diecinueve de junio volvía a abrir sus puertas el bar Caprichos del Passeig Pau Casals de Blanes. Su nueva dueña, la ecuatoriana Mirella Rosales, se hizo con la propiedad, además del piso de Adolfo Santolaria y los quinientos mil euros de una cuenta del Banco de Girona. A las cinco menos diez alzó la persiana de la puerta, ayudada por Cristina Amaya. Las dos chicas desplegaron las mesas en la terraza y colocaron los taburetes en su sitio.

—La vida sigue —dijo en voz alta Mirella.

Cristina le palmeó la espalda con un suave toque de dedos.

—Ánimo. Tú eres fuerte —le dijo.

Un minuto después de abrir el bar ya entraron los primeros clientes. Como era sábado, un numeroso grupo de extranjeros, la mayoría alemanes, tomaron posiciones en las mesas interiores, y otros, sobre todo los fumadores, se sentaron en la terraza. Mirella se quedó dentro de la barra, ya que sabía dónde estaba cada cosa.

Y Cristina se puso a servir en las mesas. Ese día llevaba la misma ropa del viernes: los pantalones diminutos y la camiseta que dejaba poco a la imaginación. Una cuadrilla de barrenderos no pararon de hacer comentarios, más o menos graciosos, acerca de lo que le harían si ella se dejara.

A las ocho de la mañana traspasó la puerta Fausto Anieva, el hombre del perro. A *Tasco* lo dejó atado a un árbol. Ladró unos segundos y luego se acostó en el suelo, apoyando la cabeza sobre una rama.

—Buenos días a todos —dijo gritando.

Los alemanes que había en la mesa ni siquiera se giraron para ver quién era.

—Hola, señor... —se detuvo Cristina, que no se acordaba de su nombre.

—Fausto —le dijo—. Solamente tiene que acordarse de Goethe y relacionará enseguida el nombre.

Cristina no tenía ni idea de que había un escritor llamado Goethe que en mil ochocientos escribió una obra titulada *Fausto*. Y mucho menos sabía que esa obra hablaba del diablo.

—¿Goethe? —preguntó extrañada.

—Bueno, sí —dijo el hombre del perro—. Fausto, me llamo Fausto Anieva. ¿Qué tal están las mujeres más lindas de Blanes? —dijo refiriéndose a las dos: a Cristina y a Mirella.

Mirella Rosales sonrió y soltó un:

—¡Ja!

El hombre del perro se sentó en la terraza, lo más cerca que pudo de *Tasco*.

—¿Qué quiere tomar?

—Un café con leche y una tostada de pan inglés con mantequilla y mermelada.

Cristina se adentró en el interior y le pidió a Mirella lo que Fausto le había encargado.

—No le hagas mucho caso —le dijo la ecuatoriana—. Está como las maracas de Machín.

—Descuida —replicó—. Ya tuve una charla ayer con él y me di cuenta de que le faltan un buen puñado de tornillos.

Cuando Cristina se acercó a la mesa del hombre del perro con el plato de la tostada y el café, este, en un movimiento impensable para ella, le cogió el brazo a la altura del codo apretando fuertemente.

—Pero... ¿qué hace?

—Ten mucho cuidado, cariño —le susurró al oído—. Corres peligro si sigues al lado de esa —le dijo.

Cristina le clavó los ojos y le pidió, con la mirada, que la soltara.

—Me hace daño.

Fausto Anieva abrió la mano y la dejó ir.

—Hay algo que no dije ayer —dijo, refiriéndose a la conversación que mantuvieron ellos dos y el policía retirado Moisés Guzmán.

—¿Qué...?

—El ayudante del forense le dijo a su madre y ella me lo dijo a mí que a Adolfo Santolaria no le robaron ni un céntimo. Y eso que en su casa había objetos de valor y dinero.

—A mí eso no me importa —dijo Cristina con desdén.

—No le robaron —susurró—, porque quien lo

mató iba a quedarse con todo su dinero. Por eso no necesitaba robarle.

Cristina se quedó un rato pensando. Pero recapacitó enseguida.

—Está usted muy bien informado —dijo.

—Ya os dije ayer que Blanes es muy pequeño y todo se sabe.

—¿Todo, todo?

—Sí, así es.

—Pues no se sabe quién mató a esos hombres. Además, Mirella... —dijo, apuntando con la barbilla al interior del bar— no pudo ser la asesina.

—¿No?

—No. Ella y yo estuvimos toda la tarde del martes en su casa juntas. No nos separamos ni un momento.

—¿Ni para ir a mear? —sonrió Fausto Anieva.

—Ni para eso —proclamó Cristina Amaya.

24

El sábado, el escritor León Acebedo se levantó más cansado de lo habitual. El día anterior había estado en Girona, visitando al oftalmólogo, y el viaje en autobús le azuzó los maltrechos huesos. Setenta años eran muchos años para circular una hora sentado y apretujado. Miró la nevera pero estaba casi vacía; esa semana no se había acordado de proveerse de alimentos. Decidió desayunar fuera, la mejor opción.

Cogió la carpeta con sus notas y miró el cajón del escritorio donde guardaba los recambios de tinta de la máquina de escribir, la vieja Underwood. A menudo le costaba conseguir cinta para esa máquina, pero se negaba a utilizar el ordenador para elaborar sus libros; cada vez que lo había intentado tenía problemas para concentrarse. Le ayudaba a solidificar los capítulos de sus novelas el sonido continuo del repiquetear de las teclas de la Underwood. Y le calmaba los nervios.

Al bajar por la escalera echó de menos el ladrido del perro del vecino del primero, ese beagle llamado

Tasco que lo había despertado alguna mañana a deshoras. Su dueño, Fausto Anieva, lo debía de haber sacado a pasear aprovechando la mañana tan soleada con la que amaneció Blanes.

Ya en la calle, el escritor se acercó hasta el quiosco y compró la prensa local. Y después anduvo pensativo en dirección al paseo marítimo, con idea de entrar en el bar Caprichos y desayunar una tostada y un café solo bien cargado, como a él le gustaba. Mientras caminaba, fue cuadrando en su mente los capítulos escritos de la que seguramente sería su última novela. Temía el escritor quedarse ciego antes de terminarla. Cada vez sufría más pérdidas de visión y más prolongadas, y cada vez, también, más acordes a hechos que sucedían en su entorno. La relación entre una muerte y la ceguera estaban casi probadas. Pero se dijo que había de experimentar con ello.

En cinco minutos, a paso ligero, llegó hasta el pasaje del Geriátrico, donde estaba el hospital Sant Jaume de Blanes. Se detuvo unos instantes ante su puerta y luego anduvo inquieto por un pequeño parque que había en la calle Tarragona. Cuanto más pensaba en lo que iba a hacer, más cuenta se daba de lo absurdo que era. Se estaba volviendo loco y su mente ya no podía discernir entre lo que estaba bien y lo que estaba mal. Era un sinsentido. Finalmente optó por dejarlo correr y retomar la primera idea de la mañana: ir al bar Caprichos a desayunar.

Pasaban veinte minutos de las nueve de la mañana de ese asfixiante sábado de junio, cuando el escritor León Acebedo entró por la puerta del bar Caprichos en el Passeig de Pau Casals. A esa hora las mesas estaban llenas y tan solo halló un pequeño rincón vacío en la barra del fondo. Al cruzar la terraza se percató de que estaba sentado el hombre del perro y también vio a *Tasco*, que ladró tímidamente cuando casi lo roza con su pie. Fausto Anieva también lo vio, pero estaba enfrascado en su sabroso desayuno y no le dijo nada.

En la barra fue atendido por Mirella Rosales, que se acercó hasta él y le preguntó qué quería.

—Un café bien cargado —dijo—. Y una tostada —añadió.

Mirella se dio la vuelta y cargó el mango de la cafetera con una dosis doble. Metió dos rebanadas de pan blanco en la tostadora y se fue a cobrar a unos clientes que había en la zona de la entrada, ya que la persona que tenía que pagar estaba dando golpes con un billete de veinte euros en la barra.

—Guapa, cóbrame —le dijo.

Mientras, el hombre del perro estaba terminando de tomarse el café con leche, que se había enfriado por la tardanza, y no se terminó la tostada, de la que arrojó un pedazo bastante grande a su perro *Tasco*. Un matrimonio de extranjeros muy mayores sonrieron al pasar por al lado de ellos.

Mirella terminó de servir al escritor en un trozo de barra que cada vez se hacía más pequeño. Conforme salían a la calle los clientes, entraban la misma cantidad. Al final, el interior del bar estaba tan lleno que casi no se podía circular. Afuera, en la terraza, se llenaron también todas las mesas y tan solo quedaba una silla vacía, que estaba al lado de Fausto Anieva.

El escritor se empezó a sentir incómodo en la barra del Caprichos, a su lado había un grupo de jóvenes alemanes que no paraban de darle golpes mientras se reorganizaban en la barra, hablando y riendo. Miró hacia afuera, buscando con la vista un lugar en la terraza, pero estaba tan llena que no cabía un alfiler. Cogió su café y el plato con la tostada y salió a la calle.

—Aquí —le dijo el hombre del perro, señalando la silla vacía que tenía a su lado.

El escritor sonrió y se acercó hasta él.

—Aquí tiene un sitio —insistió el hombre del perro, mientras palmoteaba la silla de plástico que había a su lado.

El escritor se sentó y colocó con cuidado el café y el plato sobre la mesa.

—Esto está a tope —dijo.

—Sí, parece ser que la muerte del dueño ha traído más clientes que nunca —sonrió Fausto Anieva—. ¿Cómo va la novela? —preguntó seguidamente, mientras acariciaba la cabeza de su perro, que se había subido a su falda como si fuese un peluche.

El beagle se mantenía tranquilo, mordisqueando un muñeco de goma que sacó Fausto Anieva de una riñonera que portaba en la cintura.

—Bueno —rebatió el escritor—, ya no escribo como antes.

—Pero... ¿estará escribiendo algo, no? Siempre le veo por el pueblo tomando notas y fijándose en todo.

—Es por *hobby*. Hoy en día cuesta mucho vender un libro.

—¿Aunque sea bueno?

El escritor no le entendió, pero supo a qué se refería.

—Solamente triunfan los escritores consagrados —dijo.

—Consagrados como usted.

—Yo no soy un buen escritor, tan solo he terminado seis novelas en toda mi vida.

—Luego ahora está escribiendo la séptima, ¿no?

León Acebedo asintió con la cabeza.

—Pues el siete es mágico —dijo, refiriéndose al número—. Seguro que va a ser la mejor novela de todos los tiempos. ¿De qué trata?

El escritor arrugó la frente.

—Oh, vaya, discúlpeme. Ya sé que nunca se ha de preguntar eso a un escritor, pero estoy intrigado.

—De un asesino en serie —dijo finalmente León Acebedo, bajando el tono para que no le oyeran los de la mesa de al lado.

—Un asesino en serie —repitió el hombre del perro sin ser tan discreto—. ¿Como el que asola Blanes?

—Bueno..., puede ser. Pero mi novela lleva otros derroteros.

—Es fascinante. —Abrió los ojos el hombre del perro—. Estoy deseando que la termine para ser su primer lector. ¿No podría avanzarme algo?

—No —negó tajante—. Las novelas se leen cuando están terminadas.

—Ah, vaya. Además es usted un escritor chapado a la antigua. Por las noches le oigo martillear la máquina de escribir.

León Acebedo no sabía que hiciese tanto ruido. El hombre del perro notó en su rostro la contrariedad.

—Sí, los pisos de ahora no son como los de antes y por mucho cuidado que se tenga se oye todo —justificó Fausto Anieva—. ¿Cree que en Blanes tenemos un asesino en serie?

El escritor se encogió de hombros.

—Dos crímenes idénticos y en un espacio relativamente corto de tiempo —dijo para apoyar su tesis.

—No creo que sea un asesino en serie —dijo el escritor convencido.

—¿No? ¿Por qué?

—El período de enfriamiento es demasiado corto —argumentó el escritor.

Fausto Anieva soltó el perro que sostenía en los brazos y este salió corriendo detrás de unas palomas que picoteaban migas por el suelo.

—¿Corto?

—Para que se cumpla la gratificación psicológica del asesino, el espacio de tiempo entre los crímenes debe ser de al menos un mes.

El hombre del perro se sintió ofendido. Había estado defendiendo la tesis del asesino en serie durante los últimos días y ahora se la desbarataba el escritor de un plumazo.

—¿Un mes? ¿Quién dice eso?

—Lo de los crímenes que comparten características específicas sí que se cumple, así como el modo de matar, según creo, ya le he dicho que no sigo mucho el asunto. Pero el espacio de tiempo es demasiado corto para que podamos hablar de un asesino en serie.

—Oh, cielos —dijo en un tono cursi el hombre del perro—. Y yo que creía que era un asesino en serie quien mató al dueño de este bar. —Señaló el suelo con la mano—. Y al hombre de Lloret de Mar.

—Yo leo la prensa cada día y no sale nada de eso —dijo el escritor.

—Aún no —argumentó el hombre del perro—. El comisario ha pedido que no publiquen nada hasta que no se resuelva el crimen. No quiere alarmar a la población.

—¿Aún no está resuelto? —preguntó desengañado León Acebedo.

—No. No tienen ni idea de quién puede ser; aunque yo ya barajo varios sospechosos —dijo, mirando al interior del bar.

En ese momento recogía una de las mesas de la terraza Cristina Amaya, los clientes de la mesa de al lado resbalaron sus ojos por sus largas y estilizadas piernas.

—¿El dinero..., es una característica del asesino en serie?

—Para nada —negó el escritor—. Al asesino en serie no le preocupa eso.

—Estas —dijo refiriéndose a Mirella y Cristina—, tienen muchos números de ser las asesinas.

El escritor se giró en su silla y echó un vistazo a Cristina, que limpiaba una mesa con una bayeta, y a Mirella, que estaba en el interior de la barra cobrando a un cliente. Balanceó la cabeza de un lado a otro.

—Estas no han matado a una mosca en su vida —dijo para desánimo del hombre del perro.

25

Todo el sábado diecinueve de junio estuvo el comisario Josep Mascarell con su homólogo de la jefatura de Barcelona. Se desplazó hasta allí a primera hora de la mañana, cuando aún no había amanecido en Blanes, y pidió colaboración de la policía judicial de los Mossos d'Esquadra. Su objetivo era recopilar pruebas suficientes para incriminar a Cristina Amaya por el asesinato del vecino de Lloret de Mar, Sócrates Algorta, y el dueño del bar Caprichos, Adolfo Santolaria. Tenía el experimentado comisario la intuición de que los crímenes fueron ejecutados por esa chica angelical. Todas las pruebas de que disponía apuntaban directamente a ella. El móvil era el desprecio hacia los hombres maduros, tras años de experiencias aberrantes con su padre; aunque esto último lo debía comprobar. El arma utilizada, que seguramente había sido la misma en ambos casos, podía ser una aguja de ganchillo tunecina de las que usaba su madre. Todo, absolutamente todo, coincidía en contra de Cristina Amaya, hasta la situación espacial: ella llegó a Blanes días antes de que se cometiera el primer crimen. Respecto a Adolfo Santolaria había una relación previa, pero todavía no pudo demostrar el comisario la relación entre el vecino de Lloret de Mar y Cristina. Dentro de su organigrama mental se dijo que la primera muerte bien podía ser un ensayo. Quizá la chica nunca antes había matado de esa forma y necesitaba probar que funcionaba.

—¿Estás seguro de que es ella? —le preguntó el comisario de los Mossos d'Esquadra de Barcelona.

Era un hombre maduro, de sesenta años, proveniente, al igual que Josep Mascarell, de la Guardia Civil. Ambos ya se conocían desde hacía años y por eso hablaban en castellano, a pesar de que el reglamento de los Mossos decía que se tenía que utilizar el catalán, y aunque Josep Mascarell lo hablaba perfectamente, se sentía más a gusto en su idioma materno.

—Seguro al cien por cien..., no —dijo el comisario de Blanes—. Pero todo coincide.

—He mirado los informes de los últimos diez años —dijo el comisario de Barcelona—, y no hemos tenido ningún crimen así en la ciudad, nunca.

—Siempre hay una primera vez.

—Cierto —dijo el comisario de Barcelona.

—¿Vamos? —le preguntó Josep Mascarell. Estaba impaciente por conocer a la madre de Cristina.

Un coche de los Mossos d'Esquadra de Barcelona, sin distintivos policiales (camuflado), conducido por un joven agente de paisano, acercó a los dos comisarios hasta el domicilio de la calle Bac de Roda, donde vivía la señora Viviana, madre de Cristina. Cuando llegaron, en el piso no había nadie. Al llamar a la puerta salió, alertada por el ruido, una vecina del piso de al lado.

—No está —dijo.

—Buscamos a la señora Viviana —dijo el comisario de Barcelona—. ¿Sabe cuándo regresará?

Los hombres no se identificaron, pero la vecina ya sabía que eran policías; no podían ocultarlo.

—Sale cada día sobre esta hora a comprar —dijo con rostro compungido—. No creo que tarde mucho. Es una mujer muy hogareña.

Los dos comisarios se quedaron en el rellano charlando un rato. Recordaron la época en que los dos eran guardias civiles y alguna anécdota de mocedad cuando estaban en la academia militar. El comisario de Barcelona llamó con su teléfono móvil al chófer que les esperaba abajo, en la puerta del bloque, y le dijo que la mujer que buscaban no estaba y que tardarían en bajar.

El agente asintió y salió a estirar las piernas.

Pasada media hora, el ascensor se detuvo en el piso donde estaban los dos comisarios. Se abrió la puerta y salió la señora Viviana. Ninguno de los dos agentes la conocía, pero intuyeron que era ella.

—¿La señora Viviana? —le preguntó el comisario de Barcelona.

—Sí —dijo recelosa—. No necesito nada.

La mujer los confundió con vendedores, y ellos, los dos comisarios, se sintieron ofendidos. No creían que su aspecto respondiera al de un vendedor a domicilio. El comisario de Barcelona sacó del bolsillo de su pantalón una cartera pequeña de color negro y mostró la placa de los Mossos d'Esquadra.

—Somos agentes de policía —dijo.

La señora Viviana los miró y arrugó la frente.

—¿Le ha pasado algo a mi hija?

—No, señora, no se preocupe —la tranquilizó el comisario de Barcelona—. Este es mi colega de Blanes —dijo, señalando a Josep Mascarell—. Queremos hacerle unas preguntas.

—¿Está usted seguro de que no le ha ocurrido nada a mi hija? —insistió la señora—. Por lo que yo sé ella está en Blanes y este hombre viene de allí.

—Solo unas preguntas y nos vamos —volvió a repetir el comisario de Barcelona.

La mujer abrió la puerta de su domicilio, desatrancando las dos cerraduras. Mientras lo hacía dijo:

—He tenido que poner una puerta blindada hace poco. No vean cómo se está poniendo el barrio. Y la policía sin hacer nada al respecto.

Los dos comisarios sonrieron.

La mujer entró en el comedor y los dos hombres la siguieron. Era un piso muy espacioso y acogedor al mismo tiempo. Respondía a los bloques construidos a finales de los años ochenta, en la zona nueva de Bac de Roda. Por la pared colgaban infinidad de cuadros de ganchillo, que prácticamente la tapaban, la mayoría con motivos florales, pero también había de barcos, bodegones y casas.

Los dos policías los admiraron y el comisario de Blanes, que hasta ese momento no había abierto la boca, preguntó:

—¿Son suyos?

—La mayoría sí —dijo la señora Viviana—. Pero también hay de mi hija.

La cara de Josep Mascarell se iluminó por completo.

—¿Su hija borda con ganchillo? —le preguntó con malicia.

—En mi familia todas las mujeres han sido buenas cosedoras —aseguró la señora Viviana, orgullosa—. Los del pasillo son la mayoría míos —dijo refiriéndose a los cuadros hechos con ganchillo—, pero también hay de mi madre, que en paz descanse. —Se santiguó.

—¿Hace mucho que no ve a su hija? —le preguntó el comisario de Blanes.

La señora Viviana suspiró.

—Ya sabía que había pasado algo con ella. ¿Ha desaparecido, verdad? Ya le dije que no fuera a Blanes, que allí no se le había perdido nada.

—Ella está bien —le dijo Josep Mascarell—. El motivo de nuestra visita es otro.

El comisario de Blanes no sabía cómo hacerle preguntas a la madre de Cristina, sin decirle que era sospechosa de dos asesinatos.

—Se marchó a primeros de junio —dijo la mujer—. Miren —mostró a los comisarios—, esta es la dirección donde vive.

En una cuartilla se podía leer la dirección donde vivía Cristina en Blanes: calle Velero número dos, segundo piso.

—También tengo su número de teléfono por si quieren llamarla...

—No es necesario —rechazó, alzando la mano el

comisario Josep Mascarell—. ¿Podemos ver su habitación?

—Hummm... —dijo la mujer—. Está muy desordenada, tal y como la dejó antes de irse.

Los tres accedieron a un cuarto que estaba muy próximo al comedor y al lado de un aseo pequeño. La señora Viviana entró primero y descorrió las cortinas.

—Ya les dije que estaba desordenado.

En el centro de la habitación había una cama estrecha cubierta de muñecos de peluche. La mayoría eran animales: osos, conejos y gatos. Sobre la cama, en la pared, había varios cuadros más de ganchillo.

—Esos los hizo ella —explicó la madre.

Los dos comisarios se acercaron hasta ellos. Sus narices casi tocaron el cristal que los protegía.

—Muy elaborados —dijo el comisario de Barcelona.

—¿Cómo los hace? —preguntó Josep Mascarell.

La madre de Cristina no lo entendió.

—¿Cómo hace qué?

—Sí, disculpe —le dijo—. ¿Dónde están las agujas tunecinas para hacer esos cuadros?

La señora Viviana abrió el armario ropero de la habitación y del primer cajón de la derecha extrajo una especie de caja de herramientas, que asemejaba la de los fontaneros.

—Aquí está todo lo que utiliza Cristina para sus cuadros.

En el interior de la caja había varios dedales, hilo de todos los colores, tijeras, alfileres e imperdibles.

—Un costurero muy completo —dijo Josep Mascarell.

La madre se sintió orgullosa.

—Lástima que lo dejara —dijo—. La chica tiene traza para esto.

—¿Dejara? —preguntó el comisario de Barcelona.

—Sí, todos esos cuadros los hizo cuando era una cría. Hace al menos veinte años que no toca este costurero.

Los dos comisarios observaron que las agujas estaban oxidadas. Había al menos diez, de diferentes tamaños y con mangos de distinto color.

—¿Falta alguna? —preguntó el comisario de Blanes.

La señora Viviana echó un vistazo, sin entretenerse mucho, y luego se encogió de hombros.

—Que yo sepa, no, pero no hay manera de saberlo. No sé cuántas agujas tenía mi hija.

—¿Y a usted le falta alguna? —siguió preguntando.

La madre de Cristina se ofendió.

—Me quieren decir de una vez por todas qué andan buscando, así será más fácil ayudarles, si está en mi mano.

Ninguno de los dos comisarios respondió. Josep Mascarell se decidió a poner toda la carne en el asador.

—¿Abusaba su marido de su hija?

El comisario de Barcelona arqueó las cejas y miró con censura a su homólogo.

—Josep —le dijo—, no es necesario.

El comisario de Blanes no le hizo caso.

—Conteste a la pregunta —le dijo a la señora Viviana, mientras la miraba con furia—. ¿Abusaba su marido de la niña?

La mujer se arrinconó contra la pared de la habitación. Sus ojos divagaron entre el techo y el suelo. No sabía qué hacer, ni adónde mirar.

—Es una pregunta muy sencilla, señora Viviana, ¿Lo hizo? ¿Cuántas veces?

La mujer estaba a punto de llorar. Sus ojos se torcían inquietos y buscó en la mirada del comisario de Barcelona algún tipo de apoyo para salir de ese atolladero.

—Josep —le dijo a su colega—. Ya es suficiente. Vamos..., nos tenemos que marchar.

El comisario de Blanes lo apartó de un manotazo e hizo un gesto extraño, como si quisiera sacar un arma del cinto. Se llevó la mano a la parte trasera del pantalón. La madre de Cristina estuvo a punto de gritar.

—¡Conteste! —le gritó poniendo su boca a escasos centímetros de su cara.

—Sí —dijo llorando la señora Viviana—. Sí, maldita sea. Abusó de mi niña cuando era pequeña.

Y se desplomó en el suelo, sentándose, mientras cogía uno de los peluches que había sobre la cama.

—Eso es lo que necesitaba oír —le dijo Josep Mascarell al comisario de Barcelona.

Y los dos salieron por la puerta y se dirigieron al coche que les esperaba en la calle.

26

El policía retirado, Moisés Guzmán, estuvo enclaustrado en su piso de la calle Velero hasta las dos del mediodía, momento en que se dispuso a comer. Los días anteriores había llenado la nevera y tenía alimento suficiente para aguantar una semana. Hasta las dos estuvo leyendo una novela que adquirió en la librería de la estación: *Muerte a ciegas*, del escritor local León Acebedo. Le hizo mucha gracia comprar una novela de una persona a la que conocía, por lo menos de hablar con ella en contadas ocasiones. Y además vecino de la calle.

Cuando dieron las dos no le apeteció cocinar y se dijo que andaría hasta el paseo marítimo y comería en algún chiringuito de la playa.

Y así lo hizo.

Al pasar por el Passeig de Pau Casals vio a lo lejos al escritor, que iba acompañado del hombre del perro, Fausto Anieva. Los dos andaban enfrascados hablando muy animados de algo que les hacía reír. A Moisés le hubiera gustado hablar con el escritor, pero no quería entrar en conversación con el hombre del perro, al que veía como un pesado aplastante. Así que evitó cruzarse con ellos y torció por la calle de la Unión, antes de que los dos se percataran de su presencia.

Resoplando por el quiebro que les hizo a los vecinos de su calle, siguió caminando hasta incorporarse de nuevo al Passeig Pau Casals, saliendo a la altura del bar Caprichos. Como eran ya las tres de la tarde, la persiana estaba bajada hasta la mitad e intuyó que las chicas, Mirella y Cristina, estarían dentro limpiando. Y se asomó metiendo la cabeza por el hueco.

En el interior, estaban ellas dos solas, habían preparado una mesa en el centro del bar y se disponían a comer. Moisés las saludó:

—Buenas tardes, señoritas —dijo.

Ninguna de las dos chicas se esperaba que alguien asomara la cabeza por debajo de la puerta, así que las dos se asustaron y a Cristina incluso se le cayó el tenedor que sostenía en la mano. Mirella miró con recelo a Moisés.

—Caballero —dijo—. El bar está cerrado.

—Lo siento —lamentó con rostro compungido—. Pensé que todavía admitían clientes.

Cristina lo reconoció, ya que el día anterior había estado hablando con él y con el hombre del perro.

—Cerramos a las doce —dijo Mirella—. Pero hoy, como es sábado, hemos cerrado un poco más tarde.

«¿Un bar que cierra a las doce del mediodía?», meditó Moisés Guzmán. «Vaya bar más raro», se dijo.

—¿Quiere comer? —le preguntó Cristina, ante la mirada censurante de Mirella.

Moisés se dio cuenta de que a la chica ecuatoriana no le gustaba que él estuviese allí.

—No se preocupen —dijo—. Ya buscaré otro sitio que esté abierto a estas horas.

Las chicas no dijeron nada y él se marchó por el paseo marítimo.

Al salir vio delante de la puerta del bar un coche ocupado por dos jóvenes de pelo corto y gafas de sol, completamente opacas. Para Moisés no fue ningún problema averiguar que esos dos chicos eran policías. Ni siquiera los miró. No era de su incumbencia lo que estuvieran haciendo allí a esas horas.

Moisés siguió caminando en dirección al puerto y se dijo que en el primer bar que viera abierto entraría a comer algo, lo que fuera. Muy cerca de la Explanada del Puerto vio un restaurante que ofrecía un buen aspecto exterior. En la terraza había al menos diez mesas y todas estaban ocupadas. El olor a pescado embriagó su olfato.

El policía retirado entró por la enorme puerta de madera y enseguida se acercó hasta él una chica joven y de encantadora belleza que le preguntó cuántos iban a comer.

—Yo solo —respondió Moisés.

—¿Dentro o fuera?

Moisés sabía que dentro estaría fresco por el aire acondicionado y a resguardo de los mosquitos.

—Dentro —respondió.

—Sígame —le dijo la chica.

Los dos, Moisés y la camarera, traspasaron el bar y se adentraron en un comedor amplio y decorado con motivos marinos. La chica se detuvo en una mesa, que ya estaba preparada para comer, y le retiró la silla para que él se sentara.

—Gracias —le dijo.

En la mesa de al lado había una familia comiendo. Él era un hombre maduro que vestía elegantemente. Ella, una mujer pintarrajeada en exceso, pero también muy elegante. El chico más joven tenía aspecto aniñado y un flequillo largo que no cesaba de repeinar con la mano. A los pies de la mujer había un perro pequeño, seguramente un caniche. Cuando Moisés se sentó, el perro soltó un inapreciable gruñido.

—¡*Caniche*, silencio! —le dijo la dueña con voz dominante.

—Hay de todo menos los platos marcados en rojo —le dijo la camarera a Moisés mientras ponía sobre la mesa una carta de menú plastificada.

Moisés sonrió amablemente.

—Gracias.

La camarera se retiró, y Moisés ojeó de un vistazo rápido la carta del menú. La familia que había sentada al lado del policía retirado estaba enfrascada en una conversación que enfurecía al marido.

—Ya te digo yo —decía la mujer con voz apesadumbrada— que el forense es el que tiene todos los números de ser el hombre que busca la policía.

—¡Mamá! —le recriminó el hijo para que bajara la voz.

Moisés fingió no oírlos hablar.

El marido no estaba conforme con las aseveraciones de su mujer. Y así se lo hacía saber, colérico.

—Qué sabrás tú —le dijo con semblante serio.

—Ya sabes cómo ha ocurrido todo —replicó la mujer—. El asesi... —omitió terminar la palabra—, el que buscan sabe mucho de medicina. Es alguien que conoce perfectamente el cuerpo humano.

—Vamos —dijo el marido—, todo el mundo sabe dónde está el corazón.

El hijo de la pareja se peinó intranquilo. La discusión de sus padres lo estaba poniendo nervioso.

La camarera se acercó hasta Moisés y le preguntó:

—¿Ya ha decidido, señor?

Moisés la miró de reojo.

—Sí —dijo—. Mire, de primero quiero un gazpacho. De segundo, este pescado. —Señaló con el dedo una fotografía de la carta del menú.

—¿Para beber?

—Un poco de vino y agua.

La chica recogió la carta del menú y se adentró en la cocina, atravesando una puerta oscilante de madera. La familia de la mesa de al lado siguió cavilando.

—Santiago —le dijo a su hijo, la señora Matilde—, debes hacerme caso y vigilar a ese hombre cuando estés trabajando.

Desde que la madre del ayudante del forense, Santiago Granados, se enteró de la forma en que habían muerto esos hombres, sus sospechas recayeron sobre el forense de Blanes, Amando Ruiz.

—Deja ya de decir sandeces —la silenció su marido—. Estás asustando al niño.

El señor Granados seguía tratando a su hijo como si fuera un adolescente de corta edad, cuando Santiago ya tenía los veintinueve años cumplidos. Aun así el chico no hacía nada para evitar este trato hacia él por parte de su padre.

La camarera se acercó hasta la mesa de Moisés Guzmán y le trajo un plato hondo con gazpacho. El policía retirado se dispuso a comer.

—Tú dirás lo que quieras —recriminó la señora Matilde a su marido—, pero el forense es el único que se me ocurre con conocimientos suficientes para asesinar a esos dos hombres. Además —siguió elucubrando—, puede que no lo haya hecho solo. Hace falta mucho coraje —dijo con una expresión que no encajaba en su vocabulario— para matar a un hombre de esa forma.

Mientras disfrutaba del gazpacho, Moisés Guzmán, se fijó en el perro que la familia había entrado al restaurante. Era un caniche muy pequeño y se acordó del vecino de su calle: Fausto Anieva, el hombre del perro. Él también era conocedor de la forma en que habían muerto esos dos hombres, por lo que seguramente, pensó el policía retirado, la familia Granados fue la que puso al corriente al hombre del perro del proceder del asesino.

Moisés trató de mirar al hijo del matrimonio, sin que ninguno de los de la mesa de al lado se percatara de ello. Era un policía experimentado, con más de treinta años de servicio a sus espaldas y había visto tantas situaciones y a tantos criminales: ladrones, asesinos, violadores, secuestradores, rastreros... Treinta años en una profesión como la de policía daban para mucho. Había desarrollado una innata habilidad para juzgar a los sospechosos solamente por su apariencia, por sus gestos, por la forma de comportarse, por lo que decían y por lo que callaban. Una intuición que prejuzgaba antes de aportar las pruebas para acusar al autor del crimen. Moisés clavó los ojos en los gestos amanerados de ese chico. La forma impulsiva de peinarse constantemente, en un tic conductual, que, supuso, debía de tranquilizarlo. El joven, desde luego, estaba nervioso. Quizá le ponía nervioso la combinación de sus dos padres juntos, lo que la mujer decía era desdicho por el hombre al momento. Parecía que la señora tenía claro que el asesino de los dos hombres que habían muerto en Blanes en las dos últimas semanas era el forense, por lo que pudo extraer de la conversación que mantenían. El padre lo rebatía y el chico no se postulaba a favor de nadie. Eso, pensó Moisés, no respondía al perfil de un asesino en serie. Por lo que sabía el viejo policía, los asesinos en serie querían que sus crímenes fueran reconocidos, que hubiera prensa, que se supiese que habían puesto en jaque a la policía y que finalmente saliera a la luz el autor y produjese admiración a los demás por su proeza. Quizá, siguió especulando Moisés, no se trataba de un asesino en serie; era pronto para decirlo. De momento, solamente se habían cometido dos crímenes, al menos en Blanes; los asesinos en serie podían actuar en un territorio más amplio: una provincia, una región o incluso un país entero.

La camarera se acercó hasta la mesa del matrimonio y les preguntó si habían terminado. Todos habían disfrutado de una parrillada de pescado fresco.

—¿Postres?

—Un café solo —dijo el padre.

La madre y el chico pidieron un helado variado. Moisés vio cómo la señora deslizaba un trozo de gamba pelada hasta la boca del caniche que dormitaba tranquilo a sus pies. El perro la devoró con deleite.

—¿Le traigo el segundo? —le preguntó la camarera a Moisés mientras sostenía varios platos entre sus manos.

Moisés asintió con la cabeza, terminó de sorber el gazpacho y apartó el plato para que la chica lo recogiera. Se secó los labios con una servilleta de tela y miró al hijo del matrimonio con disimulo.

«Si es el ayudante del forense, también tiene conocimientos avanzados de medicina y sabe dónde está el corazón», pensó.

27

El domingo veinte de junio amaneció un día caluroso y extrañamente soleado. Sobre el cielo brillante de Blanes se erguía un sol amenazador que presagiaba que de un momento a otro podía estallar una tormenta de verano. Del portal del número veinte de la calle Velero salió un hombre de aspecto cansado. El escritor León Acebedo no avanzaba con su novela y una sola idea le aporreaba, sin compasión, su cerebro: averiguar, de una forma empírica, si la pérdida de visión se asociaba a la premonición de una muerte. El oftalmólogo de Girona no prosperó en las pruebas médicas y la solución, se dijo el escritor, había de buscarla en otra parte.

Caminó pensativo hasta la carretera de la Costa Brava, la cual cruzó por el túnel subterráneo. Anduvo despacio por la calle Anselm Clavé y torció por la calle de Montserrat, muy próxima al pasaje del Geriátrico, su destino final. Allí estaba el hospital Sant Jaume de Blanes. Un hombre como él, con setenta años a sus espaldas, podría circular por el interior del hospital sin que nadie reparara en su presencia. Tanto los médicos como las enfermeras estarían enfrascados en sus tareas y no le prestarían atención.

A su llegada se topó con un sinfín de familiares que visitaban a sus parientes en el hospital. Era domingo por la mañana y el trasiego en el interior del centro era desorbitado. Un vigilante de seguridad, demasiado obeso, pensó el escritor, para el trabajo que realizaba, vigilaba en la puerta de acceso, limitándose a mirar con vista escrutadora a todos cuantos accedían al interior. León Acebedo pasó por su lado, sin que el vigilante ni siquiera reparara en él.

—Buenos días —le dijo el escritor.

—*Bon dia* —respondió el vigilante, en catalán.

León Acebedo traspasó la amplia puerta del hospital y recorrió, decidido, el vestíbulo, hasta llegar a dos ascensores que había justo enfrente. Sabía que si dudaba mientras deambulaba por el interior alguna enfermera se daría cuenta de que andaba perdido. Sin pensárselo, se subió al ascensor de la izquierda. Y antes de que se cerrara la puerta se montaron dos mujeres de mediana edad que lo saludaron con un:

—Hoy lloverá.

León Acebedo sonrió y se hizo pasar por el familiar de un paciente.

—¿A qué planta van ustedes? —preguntó mientras planeaba la mano por encima de los botones del ascensor.

Una de las mujeres respondió:

—A la última.

Y León Acebedo pulsó el número siete.

El ascensor remontó las siete plantas con lentitud apacible. Parecía que todo en aquel sitio fuese lento; incluso el elevador. En el ascenso hasta la séptima planta, el escritor pudo escuchar que aquellas dos mujeres iban a visitar a un familiar al que le quedaba poco tiempo de vida.

—Pobre —dijo la más alta—. Qué pena terminar así.

—Ya ves —replicó la otra—. No somos nada.

Cuando se bajaron en la planta, León Acebedo giró en sentido contrario hacia donde lo hicieron ellas. Las mujeres fueron hacia el pasillo de las habitaciones y el escritor lo hizo hacia el departamento médico. Por el corredor no había nadie. Y la sala de espera del pasillo estaba vacía, así que León Acebedo se sentó en uno de los butacones y cogió una revista de fecha muy atrasada que había en un revistero metálico. Por su lado pasó una enfermera que lo saludó amablemente.

—*Bon dia, senyor* —dijo.

El escritor balanceó la cabeza.

El pasillo, largo y ancho, desembocaba en un gran ventanal donde se podía ver el mar. No podían haber cogido mejor orientación para construir el hospital, para los enfermos terminales era una ventana de aire fresco el poder observar el mar en toda su extensión. León Acebedo observó a las dos mujeres que le habían acompañado en el ascensor cómo se adentraban en una habitación, en cuya puerta había un carro de enfermera lleno de útiles. Supo que al paciente de esa habitación lo estaban atendiendo.

El escritor se quedó observando y vio cómo salía una de las mujeres, luego la otra, y finalmente una enfermera que les dijo algo. No pudo oír nada, ya que estaba muy lejos. Las dos mujeres se encogieron de hombros, y una de ellas, la más baja, se echó a llorar desconsolada. Fuera quien fuese quien había en esa habitación estaba realmente mal, pensó el escritor.

Cuando se fue la enfermera, las dos mujeres se volvieron a meter en la habitación. León Acebedo se puso en pie y anduvo despacio hasta llegar a la misma puerta donde momentos antes habían entrado ellas. Era la habitación 710. Se fijó en el enorme ventanal que había a su izquierda y vio que el sol se empezaba a oscurecer tímidamente. Varias nubes grises y azuladas se desplazaban delante de él y lo tapaban. Los rayos del astro rey se esforzaban por escapar del cerco y desplegaban haces amarillos que atolondraron los ojos de León Acebedo, como si de un fogonazo se tratara.

—Maldita sea —musitó.

Los rayos del sol lo habían cegado momentáneamente y le costaba ver con claridad suficiente para regresar a la zona de descanso y sentarse en el butacón donde estaba antes.

El pasillo se estrechó y se hizo más largo. León Acebedo era incapaz de distinguir más allá de unos cuantos metros, lo que hacía que el pasillo fuese interminable. Las paredes, que sabía que eran blancas, adquirieron una tonalidad parecida a la ceniza. Pensó que era el reflejo de los rayos del sol que empezaban a separarse para dejar paso a la inminente lluvia.

—Vaya tormenta se está preparando —pensó en voz baja.

Agarró el pomo de la puerta de la habitación 710,

con la intención de tener algún punto de apoyo. La puerta cedió, ya que no estaba cerrada, y se abrió de par en par. El tope de goma evitó que hiciera ruido. León Acebedo parpadeó varias veces, pero en el interior de la habitación seguía sin ver con claridad.

Frente a la puerta había un pasillo de apenas un metro, con otra puerta a la derecha, que pensó que sería del cuarto de baño. Y enfrente se podía ver una cama y las dos mujeres alrededor. Estaban de espaldas, así que no se percataron de la presencia de León Acebedo. Una de ellas, la más alta, sostenía en su mano una especie de rosario y murmuraba lo que seguramente sería algún tipo de oración. A través de la ventana del fondo, se adentraba en la habitación, golpeando la cama, los míseros rayos de sol que avanzaban, ahora ya sin dudarlo, la inminente lluvia. La cama estaba vacía.

El escritor apoyó la mano izquierda en una pared y la derecha en otra. Así podría caminar en línea recta y llegar hasta la sala donde estaba la cama y las dos mujeres. Ellas no le dirían nada. No había que olvidar que él era un hombre mayor, de setenta años, y podría fingir ser un paciente del hospital que hizo amistad con el familiar de esas mujeres. Se acercó tanto que pudo incluso oír los rezos de la mujer más alta. León Acebedo estaba a punto de demostrarse a sí mismo lo que tanto tiempo le atormentaba. Allí, en la cama, no había nadie, de eso podía estar bien seguro. El resto de la habitación estaba completamente a oscuras y de la ventana entraban unos rayos ocres que amarilleaban la cama. Se puso al lado de la mujer más baja, la de la derecha; ella se percató de su presencia, pero no le dijo nada. El escritor necesitaba afanosamente demostrarse a sí mismo que allí, sobre la colcha, había alguien.

—Qué pena —dijo en voz muy baja, casi susurrando.

La mujer lo miró con ternura.

—¿Conoce a Alfonso?

—Sí —respondió el escritor—. Somos buenos amigos desde hace tiempo —mintió.

Ella se giró y le miró a los ojos.

—¿Amigos de aquí? —dijo, refiriéndose al hospital.

El escritor dudó unos instantes.

—Así es —corroboró.

Le costaba sobremanera distinguir el rostro de esa mujer, cuando hablaba, únicamente veía unos labios carnosos y abundantemente pintados. Unos labios gruesos que le manchaban los dientes de carmesí. León Acebedo apoyó la mano en la barandilla metálica que protegía la cama de caídas fortuitas.

—Alfonso siempre le cayó bien a todo el mundo —siguió diciendo la mujer.

El escritor arrastró la mano por la barandilla buscando el final. Quería estar lo más cerca posible del cabecero.

—He disfrutado mucho conversando con él —dijo León Acebedo.

La mujer más alta apartó el pañuelo que sostenía en sus labios y lo miró inquisidora; aunque el escritor no pudo darse cuenta ya que su visión se estaba desvaneciendo a pasos agigantados.

—¿Conversando? —preguntó en voz baja.

—Sí, mujer —salió al paso la mujer más baja—. Quiere decir que Alfonso sabía hacerse entender.

El escritor ya había llegado al cabecero de la cama. Su vista apenas distinguía un hilo fino de luz, ni siquiera podía ver el sol adentrándose por la ventana. El electrocardiógrafo de la pared registraba los impulsos a intervalos alternos.

El comentario de la mujer más alta, hizo pensar al escritor que quizás el paciente que yacía moribundo en la cama era un lerdo y por eso cuestionó que fuese un buen conversador, pero León Acebedo no podía echarse atrás ahora.

—Alfonso se explicaba muy bien —dijo el escritor—. Hablaba de forma pausada, pero perfectamente entendible —se arriesgó.

Ahora las dos mujeres lo miraron fijamente, él no las vio, pero pudo distinguir cómo sus ojos se le clavaban en la nuca. Estiró la mano, buscando alcanzar la sábana de la cama, mientras la mujer más alta pulsó el timbre de emergencia.

—¿Qué ocurre? —le preguntó la otra.

El escritor ya casi estaba tocando la sábana de la cama, cuando su mano tropezó con algo. Movió los dedos, cauteloso, y sus yemas distinguieron el rostro de una persona.

«Está aquí», se dijo. Allí había una persona tumbada y él no podía verla de ninguna de las maneras; aunque sí que la podía palpar con sus manos.

El electrocardiograma pitó aparatosamente. Quien allí estuviese conectado estaba perdiendo el pulso.

—Dios mío —gritó la mujer más alta—. Lo ha matado —dijo.

Por la puerta de la habitación entraron una enfermera y un celador y se dirigieron con celeridad al cuerpo que yacía sobre la cama. El celador se centró en el electrocardiógrafo, comprobando que funcionaba correctamente, y la enfermera examinó las constantes vitales del paciente.

—Llama al médico —le dijo.

El celador salió corriendo por el pasillo.

—Lo ha matado él —dijo la mujer más alta, mientras señalaba al escritor, que permanecía en silencio al lado de la cama.

La enfermera ni siquiera le hizo caso, ya estaba en el cuadro clínico anotado que Alfonso Vela, que era el nombre del paciente, constaba como enfermo terminal.

—Quiero que venga la policía —insistió la mujer, haciendo aspavientos con las manos.

Entonces León Acebedo miró directamente a la cama y vio cómo, poco a poco, aparecía un cuerpo sobre ella. Como si hubiera estado escondido bajo la sábana y se hubiera destapado de golpe. Era el cuerpo de un hombre y su nariz estaba tapada con una mascarilla de oxígeno. Sus ojos permanecían cerrados y sus brazos colgaban al lado del cuerpo como dos pellejos quemados por el sol.

Y recuperó la vista. La habitación se iluminó como si se hubiera encendido la luz de golpe. Un sol atronador traspasó la cristalera y sacudió el cuerpo del hombre que yacía sin vida sobre la cama.

28

Mientras tanto, el comisario de los Mossos d'Esquadra, Josep Mascarell, había despertado a varios agentes de la comisaría y los mantenía esclavizados en la sede de la calle Ter. Urgía solicitar por escrito un mandamiento judicial de entrada y registro del piso segundo, del número dos de la calle Velero. Si en ese piso, el de Cristina Amaya, hallaban una aguja de ganchillo tunecina de treinta o treinta y cinco centímetros de largo, solamente habría que analizarla buscando restos de sangre. Por mucho que la hubiera limpiado, siempre quedaría algún vestigio. El comisario sabía que la chica sería descuidada y guardaría esa aguja en su piso, era una intuición.

A las nueve en punto el comisario despertó al juez de guardia del juzgado de lo penal. Juan Carlos Drudes era un magistrado de cuarenta años, enérgico y decidido, que ejercía como juez en Blanes desde hacía dos años. Hasta la fecha, en su juzgado, no había tenido sobresaltos dignos de mención, pero que un domingo a las nueve de la mañana fuese llamado nada más y nada menos que por el jefe de los Mossos d'Esquadra indicaba que la cosa tenía que ser realmente grave.

—Lo es —le dijo Josep Mascarell—. Tengo pruebas suficientes para acusar a una persona de la muerte de Sócrates Algorta y Adolfo Santolaria —aseguró.

—Y... comisario... ¿no podemos esperar hasta el lunes? —sugirió el juez.

El domingo solamente estaba el juez y una secretaria de guardia, y cursar una solicitud de entrada y registro en un domicilio requería un laborioso papeleo.

—No podemos esperar —dijo Josep Mascarell—. Existe riesgo de fuga —mintió.

El comisario de los Mossos d'Esquadra ignoraba si Cristina Amaya sabía que andaban tras su pista, pero no quería esperar más tiempo a encontrar pruebas para acusarla.

—¿Qué buscamos? —le preguntó el juez por teléfono.

—El arma del crimen —replicó Josep Mascarell.

—Está bien, comisario —asintió—. Envíe un fax al juzgado con la petición. Yo estaré allí en media hora.

El juez tenía que leer la solicitud de entrada y registro, confeccionada por los Mossos d'Esquadra. En ella se tenían que aportar suficientes pruebas motivadas para justificar la entrada por la fuerza en un domicilio, y el juez, una vez leída, debía autorizarla bajo criterios penales.

Las chicas, Cristina Amaya y Mirella Rosales, estaban trabajando en el bar Caprichos, que no cerraba ningún día. Era domingo por la mañana y el paseo marítimo de Blanes estaba plagado de turistas, lugareños y vecinos de pueblos de las provincias de Barcelona y Girona que venían a disfrutar de la playa. La terraza del bar estaba completamente llena y dentro no se cabía. Cristina estaba detrás de la barra y Mirella era la que se encargaba de servir en las mesas. La chica ecuatoriana se había puesto un pantalón corto ajustado de color blanco, que contrastaba con su piel morena, ofreciendo un aspecto realmente sexi. Su reciente soltería, ya que le unía una relación de afectividad con Adolfo Santolaria, y el haberse convertido en una mujer rica —todo Blanes sabía que había heredado la fortuna del dueño del Caprichos— la habían hecho una mujer apetecible para más de uno. Entre los clientes habituales, como eran los barrenderos, el cartero de la zona, o incluso los policías municipales, corría el rumor chistoso de que Mirella era la asesina. El motivo era el más viejo que existía: el dinero. Desde luego, la chica sudamericana era la que más motivos tenía para asesinar a Adolfo Santolaria, pero para el comisario de los Mossos d'Esquadra, Josep Mascarell, había algo que no encajaba en ese perfil criminal, y era la muerte de Sócrates Algorta. Para el jefe de policía los dos crímenes estaban relacionados y el autor era el mismo.

En una de las mesas se sentó Fausto Anieva, el hombre del perro. Había salido, como cada mañana, a pasear cerca del mar. Mientras su perro *Tasco* jugaba en la tierra del parque, él desayunaba. Mirella fue la encargada de servirle su café con leche y su tostada con mantequilla y mermelada. El hombre del perro apenas intercambió alguna palabra con ella, simplemente se limitó a mirar desde la terraza a Cristina que servía detrás de la barra y a sonreír con cortesía. Cuando Mirella entró al bar, después de dejarle sobre la mesa los cubiertos y el servilletero, el hombre del perro musitó:

—Puta extranjera.

Ese comentario estuvo a punto de oírlo el ayudante del forense, Santiago Granados, que justo llegó por detrás y que también había sacado a pasear a su perro *Caniche* que fue el nombre con el que lo bautizaron.

—Buenos días, Fausto —le dijo.

El hombre del perro se puso en pie y le estrechó la mano con efusividad.

—¿Qué tal, hijo? —le dijo.

—He salido a soltar un rato a *Caniche*.

—Bien hecho, ¿y tu madre?

—Se ha quedado en casa arreglándose. Tiene que ir a Lloret a ver a una amiga.

Los dos, Fausto Anieva y Santiago Granados, sabían que la madre de Santi tenía un amante en Lloret de Mar y que la expresión «amiga» hacía referencia a ese amante.

—Ven, siéntate —le ordenó, acercando una silla vacía de la mesa de al lado.

Santiago dejó a *Caniche* bajo sus piernas y se sentó en la silla que le acercó Fausto.

—¿Cómo sigue la investigación? —le preguntó el hombre del perro mientras sorbía despacio un poco de café.

—No sé nada —se excusó Santiago—. Hasta mañana no entraré a trabajar de nuevo.

—¿Amando te ha dicho algo más? —preguntó Fausto, refiriéndose al forense.

—No. —Negó con la cabeza Santiago mientras acariciaba el lomo de su perro *Caniche*.

—¿Qué te pido?

—Un café —respondió el chico.

—A ver si se acerca esa sudamericana —dijo con desprecio Fausto Anieva—. La chica nos va a matar a todos.

Santiago Granados arrugó la frente.

—No te cae bien, ¿verdad?

—Esa es una buscona. Seguro que mató a Adolfo para quedarse el bar y su dinero —dijo.

—Sí —replicó el ayudante del forense—. Pero no tiene nada que ver con la muerte de Sócrates Algorta.

—A Sócrates también le gustaban las sudamericanas —dijo sin pensar, Fausto.

Santiago se encogió de hombros.

La policía de Lloret de Mar terminó un informe, poco exhaustivo acerca de las andanzas de su vecino Sócrates Algorta, el hombre muerto en el semáforo de la calle Velero de Blanes. Era un hombre corriente, de cincuenta y ocho años, separado, y al que le gustaba disfrutar de los pequeños placeres de la vida. Tenía una modesta peletería en la calle de la Vila y se movía mucho por la Costa Brava en busca de placeres prohibidos. El informe de la Policía Nacional dijo que se le conocían varias amantes sudamericanas, por las que tenía predilección, pero ninguna respondía al nombre de Mirella

Rosales, la actual dueña del bar Caprichos. Al ser un asunto espinoso y que, según el comisario de los Mossos d'Esquadra de Blanes, podría tratarse del primer crimen de un asesino en serie, la brigada de información amplió el informe y dijo que todas, absolutamente todas, las amantes de Sócrates Algorta habían sido sudamericanas, la mayoría ecuatorianas, pero que también había entre ellas colombianas y argentinas. Ese informe aún no había sido cursado, ya que se esperaba el visto bueno y la firma del inspector jefe de la Policía Nacional de Lloret de Mar.

A las diez de la mañana de ese mismo domingo veinte de junio entró una llamada en la sala operativa de los Mossos d'Esquadra de Blanes. La mujer, con voz calmosa y hablando catalán, pidió una patrulla en el hospital Sant Jaume, donde se había producido una muerte en la séptima planta. Les dijo que un paciente terminal, Alfonso Vela, había muerto en su habitación. El agente que atendió la llamada no supo por qué les llamaban a ellos, ya que si era un paciente terminal no había motivos para alertar a la policía. La chica que llamó les dijo que había recibido instrucciones del jefe de planta del hospital, ya que en la habitación había dos mujeres, que le dijeron que cuando murió Alfonso Vela había una cuarta persona que no conocían y que pudo tener algo que ver con la muerte del paciente.

Al lugar se mandaron dos coches de los Mossos d'Esquadra, uno de ellos ocupado por un subinspector, un alto cargo. Cuando llegaron los agentes, el escritor León Acebedo ya no estaba en el hospital, había salido apresurado. Tanto el jefe de planta como las dos mujeres que acompañaban a Alfonso Vela en el momento de su muerte les dijeron que en la habitación había un hombre mayor, de unos setenta años, que tocó el cuerpo del difunto antes de morir, pero que ellas no lo conocían de nada. La mujer más alta les dijo que le preguntaron si lo conocía y les dijo que había hablado mucho con él, cuando eso no podía ser cierto, ya que Alfonso Vela era mudo. Una de las enfermeras, con las que se cruzó León Acebedo al entrar al hospital, les dijo a los Mossos d'Esquadra que ese hombre le sonaba mucho y que creía que era el escritor de novelas policiacas que residía en Blanes.

—¿Está segura? —le preguntó el subinspector de los Mossos d'Esquadra.

La enfermera encogió los hombros.

—Segura, segura…, no, pero me dio la impresión de que era él.

El oficial de los Mossos llamó a la sala operativa y pidió, muy hábil, que trajeran una novela del escritor León Acebedo.

—Qué tonterías tiene este —pensó el operador de la sala.

Un policía de prácticas se acercó hasta el quiosco de la estación y compró la novela *Muerte a ciegas*, de León Acebedo. Luego la acercó al hospital Sant Jaume, donde les esperaban los otros agentes y el subinspector. Con la novela en la mano, el oficial subió hasta la séptima planta y le mostró el libro a la enfermera, que dijo reconocer al escritor.

—¿Es este? —le preguntó.

La chica miró la foto y dijo:

—Este es el hombre que estuvo aquí.

El subinspector, muy alterado, llamó por teléfono al comisario Josep Mascarell y se arriesgó a decir que se había producido otro crimen del asesino en serie de Blanes.

—No me jodas —gritó el comisario.

El subinspector le dijo que el asesino había actuado en la séptima planta del hospital Sant Jaume y que habían reconocido al escritor León Acebedo como el autor.

—Maldita sea —chilló histérico el comisario de los Mossos d'Esquadra—. ¿Estás seguro de eso?

—Casi —dijo el subinspector.

—¿Cómo ha muerto?

—Aún no le han hecho la autopsia, pero estoy casi seguro que de la misma forma —se arriesgó a decir el subinspector, avanzando la versión de la muerte de Alfonso Vela—. ¿Puedes venir aquí ahora?

—No —negó tajante el comisario—. Estoy a punto de realizar una entrada y registro —le dijo—. Cuando termine te llamo. Buscad a ese escritor y llevadlo a la comisaría. Pero no lo detengas aún —le ordenó al subinspector—. De momento solo como sospechoso. Me cago en la... —No terminó la frase y colgó.

29

Frente al piso de la calle Velero número dos aparcaron varios coches. Había dos de los Mossos d'Esquadra y uno de la policía local que cortaba el tráfico y lo desviaba por la calle Antonio Machado. El comisario Josep Mascarell llegó acompañado del fiscal jefe, Eloy Sinera, al que llamó esa misma mañana explicándole lo que se proponía.

—¿Estás seguro? —le preguntó el fiscal.

—Segurísimo —dijo el comisario.

Dos agentes subieron la escalera del bloque y se apostaron en el segundo piso, donde residía Cristina Amaya, que en esos momentos estaba trabajando en el bar Caprichos. Apenas hicieron ruido y ni siquiera los oyó el vecino del piso de arriba: Moisés Guzmán, el policía retirado. En el portal esperaron el comisario y el fiscal la llegada del juez de guardia y de la secretaria del juzgado con el mandamiento de entrada y registro. Juan Carlos Drudes, juez de guardia, llegó cuando pasaban unos minutos de las diez y media de la mañana.

La presencia de los coches de policía atrajo a numerosos curiosos que se arremolinaron delante del portal.

—Circulen, por favor, circulen —dijo un policía local que se apostó en la acera de enfrente, en la calle Antonio Machado.

Los vehículos que circulaban por esa calle ralentizaban su marcha al pasar por la esquina de la calle Velero y asomaban la cabeza por la ventanilla para ver qué ocurría.

El juez se bajó del coche en compañía de la secretaria judicial, una chica joven y muy guapa, que vestía un traje azul marino que no mejoraba su belleza. Los cuatro, juez, secretaria, comisario y fiscal, subieron las escaleras hasta el segundo piso, donde esperaba una pareja de Mossos d'Esquadra.

—El mandamiento —dijo el juez, sacando un sobre de una carpeta que portaba la secretaria en la mano.

El comisario y el fiscal asintieron.

—¿Qué buscamos? —preguntó el juez.

—Una aguja de ganchillo tunecina —dijo.

Le mostró una fotografía que había sacado momentos antes de Internet.

—¿Es el arma? —preguntó el juez.

—Seguramente —dijo el comisario—. Cuando la encontremos la llevaré al gabinete de la policía científica para que la analicen. Si hallamos sangre de alguno de esos dos hombres, podremos estar seguros de que Cristina Amaya es la asesina.

—¿Solamente por eso? —preguntó el juez.

—No, hay más pruebas —dijo el comisario—. Ayer estuve en casa de su madre en Barcelona. Ya le redactaré un informe completo que le remitiré en su momento —afirmó—. La chica sufrió abusos de pequeña.

El juez se encogió de hombros.

—Bueno, cuando lea el informe lo entenderá —dijo el comisario, que empezaba a impacientarse.

Por la escalera llegó un cerrajero que había sido avisado desde la comisaría de los Mossos.

—Buenas —dijo.

—Abra la puerta —le ordenó el comisario.

El cerrajero no solicitó la orden por escrito, ya que reconoció a todos los que había en el rellano. De una caja de herramientas extrajo una tarjeta de plástico, que recordaba el culo de una botella de agua, y les pidió a los asistentes que no miraran. Nadie le hizo caso. Luego tapó con su cuerpo la cerradura y en unos segundos la puerta se abrió de par en par.

—Comencemos —dijo el comisario.

Al interior del pequeño apartamento de Cristina Amaya entraron el juez, la secretaria, el comisario y el fiscal. Los dos policías se quedaron en la puerta. Y mientras el comisario y el fiscal removían los cajones de la habitación de la chica, la secretaria se disponía a tomar nota en una carpeta de color azul con el logotipo del Ministerio de Justicia.

A esa misma hora, en el bar Caprichos del paseo marítimo, terminaban de desayunar Fausto Anieva, el hombre del perro, y Santiago Granados, el ayudante del forense. Sobre la mesa quedaban restos de migas de pan y dos sobres de azúcar arrugados. Santiago cogió el caniche en brazos y Fausto llamó a *Tasco* con un potente silbido que retumbó en el interior del local.

—Imbécil —dijo Mirella, que en esos momentos recogía una de las mesas próximas a la barra del interior. A la chica le molestó el escandaloso silbido del hombre del perro—. Ni que estuviéramos en el campo —murmuró en voz baja, pero lo suficientemente alto como para que la oyeran los de las mesas de al lado, que rieron por la frase de la chica ecuatoriana.

En esos momentos aparcó un coche muy pequeño en un hueco que dejó una moto que acababa de irse. Del vehículo se bajó un hombre muy delgado, vistiendo deportivamente y con una cámara en el cuello. Fausto Anieva ya lo conocía de haberlo visto en otras ocasiones.

—Chico —le dijo a Santiago Granados—. Ya está aquí la prensa.

El hombre cruzó la terraza del bar y se apostó en la barra nada más entrar.

—¿Mirella? —le preguntó a Cristina.

—No. ¿Quién pregunta por ella?

—Soy del *Diario de Lloret* —dijo, y mostró un carné plastificado que Cristina no se molestó en leer.

—¡Mirella! —gritó a la chica ecuatoriana que estaba sirviendo una mesa del interior del bar—. Este señor pregunta por ti. Es de la prensa —añadió.

Mirella Rosales ya sabía que tarde o temprano la visitarían los de la prensa. La muerte de Adolfo Santolaria y la relación que podía tener con la del hombre del semáforo haría que la prensa se movilizara para conseguir una exclusiva.

—No sé mucho sobre el asunto —se defendió Mirella antes de que el periodista le preguntara.

—Pero... ¿sabrá cómo murió el dueño de este bar? —dijo el periodista, disponiéndose a tomar una foto.

—Al bar todas las que quiera, pero no nos saque ni a mí ni a Cristina —advirtió.

El periodista asintió con la cabeza.

—No lo sé —se sinceró Mirella—. La policía no me ha dicho nada y dicen que aún están investigando.

—¿Sospechan de alguien?

—Le repito la misma respuesta. Ni siquiera sé si Adolfo Santolaria ha sido asesinado.

—¿Hay relación entre la muerte de Adolfo y la del hombre del semáforo?

Mirella se encogió de hombros y no quiso volver a repetir lo mismo: que no sabía nada.

—Oiga —le dijo al periodista—, si supiera algo se lo diría, pero no sé nada de nada.

—¿Y ella? —dijo el periodista, señalando a Cristina que servía en la barra.

—Pregúntaselo a ella, pero sabe menos que yo, que ya es decir. No lleva ni una semana trabajando aquí.

El periodista desistió y se marchó, cogiendo el coche que había dejado aparcado delante del bar.

Moisés Guzmán se alertó por el ruido en el piso de abajo. Pensó que su vecina estaba organizando una fiesta. Desde el comedor de su casa se oía el sonido incesante de cajones golpeando entre sí y un barullo de voces que lo incomodaron. El policía retirado, Moisés Guzmán, había comprado un último piso para no tener que soportar vecinos encima, pero ahora el ruido era preocupante. Y entonces se acordó de que Cristina estaría trabajando en el bar Caprichos y que no había nadie en casa y le asaltó una idea terrible:

«Están robando en el piso de abajo.»

Se vistió con la primera ropa que pilló y salió al rellano de su planta. Desde allí se asomó y vio que la puerta del piso estaba abierta. Un agente de los Mossos d'Esquadra la custodiaba. El policía retirado pensó entonces en lo peor. A la chica de abajo le había pasado algo malo. Igual le habían robado o alguien la había asaltado. Era una chica muy llamativa físicamente y siempre vestía de manera provocativa. Le dio por pensar que podía haber sido agredida sexualmente.

Se puso una camisa y bajó hasta el rellano del segundo piso, en su mano portaba el carné de policía nacional en segunda actividad y se lo mostró al agente de los Mossos d'Esquadra que vigilaba la puerta.

—¿Qué ocurre?

—No puede pasar —dijo el agente—. Se está realizando una intervención judicial.

—Hummm —dudó unos instantes—. ¿Está Cristina?

—Lo siento, señor, ya le digo que se está llevando a cabo una investigación y no puedo responder a sus preguntas.

Viendo el agente de los Mossos d'Esquadra que aquel policía nacional retirado no iba a cesar de preguntarle cosas que no podía responder, optó por dar aviso al comisario. Asomó la cabeza al interior y lo llamó.

—Comisario. ¿Puede salir un momento?

El comisario de los Mossos d'Esquadra se excusó ante el juez y salió al rellano.

—Ah, es usted —dijo con tono despreciativo.

—¿Ocurre algo en este piso? —preguntó Moisés Guzmán—. Conozco a la chica que lo habita.

—Cristina Amaya —dijo el comisario—. La chica que trabaja en el bar Caprichos del paseo marítimo, ¿verdad?

—Así es —corroboró Moisés.

—Y... ¿de qué la conoce?

El policía retirado se encogió de hombros.

—Pues de ser mi vecina. Vivo encima de ella, ¿sabe?

El comisario balanceó la cabeza ligeramente y alzó la vista, mirando a Moisés por encima del hombro.

—Y bien, señor...

—Moisés Guzmán.

—Y bien, señor Moisés... ¿qué quiere?

Moisés asomó la cabeza y distinguió varias personas en el interior del piso de Cristina, entre ellas al fiscal jefe, que ya lo había visto el día que asesinaron a Adolfo Santolaria en la calle Ter.

—Están buscando al asesino de esos hombres, ¿verdad?

—Así es —dijo el comisario—. Pero eso es asunto de los Mossos d'Esquadra de Blanes.

—Ya, claro. Solamente quería decirle que si necesita... —Moisés no quería utilizar la palabra «ayuda» por nada del mundo, ya que el comisario se enfurecería—. Puedo colaborar en la investigación.

—Esta investigación ya está conclusa —dijo con desdén Josep Mascarell.

—¿Ya tiene al asesino?

—Estamos a punto de conseguir la prueba.

—¿La prueba?

—Mire, señor...

—Moisés.

—Señor Moisés, me está entreteniendo. Hubiera agradecido con mucha estima toda la ayuda que me hubiera podido prestar con sus años de experiencia, pero esta investigación está a punto de concluir. Ya tenemos al asesino...

—Ella no ha sido —dijo Moisés cuando el comisario se disponía a regresar al interior del piso.

—¿Cómo lo sabe?

—No encaja en el perfil.

—¿Qué perfil?

—El de asesino múltiple. El que ha cometido los dos crímenes no es un asesino múltiple. Esos crímenes son un castigo, los mató por algo, para dar una lección, una especie de escarmiento.

—¿Cómo está tan seguro de eso? —inquirió el comisario.

—Los asesinos múltiples dejan un espacio amplio entre crimen y crimen, algo así como un período de enfriamiento. No ha sido el caso, ¿verdad? Entre los dos crímenes solamente ha pasado una semana.

—¡Sabe usted mucho del tema! —dijo el comisario, más como una ironía que como una alabanza.

—Sí, mire, no tenemos tiempo. Ella no ha sido la asesina —dijo Moisés, refiriéndose a Cristina—. El asesino ha de ser un hombre, y fuerte —añadió—. Seguramente se mueve por impulsos sexuales, algún tipo de atracción hacia esos hombres que mató. O incluso

—Moisés pensaba mientras hablaba— podría ser una venganza por un abuso sexual cuando era pequeño.

El comisario no quiso decirle al policía retirado que Cristina encajaba en ese perfil, ya que había sufrido abusos de su padre cuando era pequeña. Prefirió ir al grano.

—Por favor, señor Moisés..., diga ya lo que tiene que decir. ¿Quién es el asesino, según usted?

Moisés Guzmán se quedó contrariado. Se había metido en la investigación de los Mossos d'Esquadra porque estaba seguro de que Cristina Amaya no era la asesina, pero no podía decir quién era la persona que mató a esos hombres. El comisario lo miró con desconfianza.

—Hummm —murmuró—. Está usted convencido de que la chica de este piso no es la asesina, pero no tiene ninguna alternativa que darme, ¿es así, señor Guzmán?

Josep Mascarell empezó a tener esas extrañas intuiciones que a veces le habían hecho resolver algún caso con éxito. «¿Y si el asesino es el policía retirado?», se preguntó mientras no le quitaba la vista de encima a Moisés Guzmán. Seguramente el cincuentón se había enamorado de Cristina Amaya y quería protegerla, seguro de que ella no era la asesina. A lo mejor Cristina le contó que su padre abusaba de ella cuando era pequeña; había de tener en cuenta que los dos eran vecinos, y Moisés se había erigido en su vengador, matando a todos los que la merodeaban. El dueño del bar Caprichos era un mujeriego y pudo tener relación con ella, pero Sócrates Algorta, se dijo el comisario, ¿ese qué tenía que ver con todo eso?

—Bueno, señor Moisés —dijo el comisario finalmente—, voy a terminar lo que he venido a hacer aquí. Ya hablaremos.

Moisés Guzmán asintió con la cabeza.

—Ah, se me olvidaba —se despidió el comisario Josep Mascarell antes de regresar al interior del piso—. Sobre todo no abandone Blanes en los próximos días.

Y Moisés Guzmán se sintió tratado como un sospechoso.

30

El lunes veintiuno de junio, la prensa local de Lloret de Mar publicó en portada la noticia del misterio de los asesinatos de Blanes. En un artículo relativamente corto explicaba que habían matado a dos personas en Blanes y que la policía no tenía ninguna pista de quién podría ser el autor. También decían que una chica ecuatoriana era la nueva dueña del bar Caprichos y que Sócrates Algorta, el hombre del semáforo, tenía una amante ecuatoriana en Lloret de Mar, pero que esta última seguramente no sería la heredera, ya que Sócrates estaba separado y tenía dos hijos mayores de edad que residían en Girona con su madre, que sería la heredera de la peletería de la calle Vila de Lloret. El periodista que firmaba el artículo era muy conocido en círculos policiales por ser autor de noticias de corte sensacionalista.

En la comisaría de los Mossos d'Esquadra de Blanes leían el periódico los dos agentes de seguridad, mientras uno de ellos criticaba al comisario.

—*No té ni idea* —dijo en catalán y remarcando su desprecio hacia el jefe de la comisaría.

Durante esa semana los agentes habían hablado de la ineptitud de Josep Mascarell con el caso del asesino en serie. El comisario se había obcecado con la camarera del Caprichos, Cristina Amaya, cuando aún no habían hallado pruebas concluyentes que la acusaran formalmente.

Por la puerta de la comisaría accedió Josep Mascarell, acompañado del fiscal jefe, Eloy Sinera. Los dos entraron callados y se subieron al ascensor. Los agentes de seguridad taparon con sus cuerpos el periódico para que el comisario no supiera que lo estaban leyendo en esos momentos. Pero él ya lo había leído antes de llegar a la comisaría y había montado en cólera.

—Qué sabrán esos hijos de puta —dijo furioso—. Era lo último que esperaba leer en la prensa, la noticia de que es un asesino en serie el que asola Blanes y que la policía no tiene ni idea de quién puede ser.

En su despacho leyó el atestado policial que se estaba confeccionando para detener a Cristina Amaya. Frente al bar Caprichos había cuatro agentes en dos coches esperando la orden del comisario para detener a la chica. Ella lo sabía, el día anterior cuando llegó a casa se encontró todo el piso patas arriba y desde la comisaría de los Mossos d'Esquadra le dijeron que habían realizado un registro en su domicilio, al estar ella inmersa en una investigación penal. Cristina se encogió de hombros. En su piso tan solo había ropa, poca, y productos de maquillaje. Nada más.

—No podemos detenerla sin pruebas —dijo el fiscal, Eloy Sinera, mientras repiqueteaba con un lápiz en la mesa del despacho del comisario.

—Maldita aguja de ganchillo —refunfuñó el comisario—. Seguramente la oculta en el bar.

—O la ha tirado a la basura, al mar, por el alcantarillado de la calle... ¡Vete a saber! —dijo el fiscal—. No pienses más en eso. La fiscalía no la puede acusar formalmente sin pruebas.

—De Barcelona me están apretando las clavijas. Dicen que hay que resolver los crímenes cuanto antes.

El fiscal arrugó la boca.

—Es mejor no quemar cartuchos en balde —dijo—. Ya has pedido un registro domiciliario que no ha servido para nada. Y en domingo. El juez estará molesto.

—Pues yo tengo claro que el asesino vive en esa calle.

—¿En la calle Velero? —preguntó el fiscal.

—Sí. Tiene que ser uno de esos tres.

—Solamente nos queda el escritor y el policía retirado —dijo el fiscal.

—Solo queda el policía —aseguró el comisario—. La chica de momento vamos a dejarla a un lado. Al escritor lo traerán esta mañana aquí para interrogarlo.

—¿Y eso?

—Con el trasiego de ayer no pude contártelo —se excusó el comisario—. Ayer murió un anciano en el hospital Sant Jaume y el escritor León Acebedo estaba en la habitación justo en el momento de su muerte. Lleva la investigación un subinspector de la policía judicial.

—¿Qué hacía en el hospital el escritor? —preguntó el fiscal con rostro constreñido.

—La verdad es que este asunto me está sacando de quicio —dijo el comisario, visiblemente abatido—. Ya no sé qué pensar, pero creo que el asesino está entre esos tres: Cristina Amaya, León Acebedo y Moisés Guzmán. Y... puede que sean dos, o los tres a la vez —dijo, pensando en voz alta.

—Si son los tres lo tendremos difícil para pillarlos —vaticinó el fiscal.

—Al contrario —corrigió el comisario—. Si son los tres, o aunque solo sean dos, será más fácil cogerlos...; alguno de ellos se vendrá abajo y delatará a los otros.

En el bar Caprichos, las chicas, Cristina y Mirella, trabajaban como cada día. La terraza se había llenado de clientes y en el interior no paraban de servir cafés y desayunos. Una mesa de al menos doce alemanes, entre chicos y chicas, no cesaban de pedir cervezas y bocadillos de jamón serrano; a los alemanes les encantaban. Cristina Amaya estaba preocupada por el registro en su domicilio. No le gustó que los Mossos d'Esquadra estuvieran removiendo entre sus efectos personales.

—Esos policías son unos inútiles —le dijo Mirella para consolarla—. Siempre apuntan sus sospechas hacia el lugar equivocado.

—Lo que no entiendo es por qué han registrado mi domicilio —dijo Cristina—. Si lo han hecho se supone que es porque soy sospechosa de la muerte de esos hombres.

—Yo creo que no tienen ni idea de quién los mató y van dando palos de ciego —dijo Mirella sonriendo—.

No me extrañaría que a estas horas estuvieran registrando mi casa.

—¿Tu casa?

—Sí. ¿O es que piensas que yo no soy sospechosa? Si te pones en el pellejo de los policías, verás que yo soy la que más motivos tenía para asesinar a Adolfo.

Cristina hinchó los labios como si estuviera resoplando.

—Pero... dicen que el asesino es el mismo, y qué motivos tendrías para asesinar al otro hombre, el de Lloret de Mar.

—¿No has leído la prensa? —le preguntó Mirella; cogió el periódico que había en la barra y lo abrió por la primera página—. ¡Lee! —le ordenó.

Cristina ya había leído el artículo, pero pensó que quizá se le había escapado algo.

—¿Qué busco?

—La referencia al hombre del semáforo, lee quién era su amante.

—No lo dice —contradijo Cristina.

—Sí. Dice que Sócrates Algorta tenía una amante ecuatoriana —leyó literalmente Mirella.

—Pues ya les vale a los de la prensa decir con quién se entendía ese hombre. Menudos cotillas —criticó Cristina.

—Eso no es lo importante —dijo Mirella—. Lo realmente importante es que, de ser cierta la noticia, los dos, Adolfo y ese Sócrates, tenían algo en común...

—Los dos tenían amantes ecuatorianas —terminó la frase Cristina.

Moisés Guzmán estuvo removiendo toda su habitación. No sabía por qué, pero temía que alguien le hubiera escondido en su piso lo que buscaban los Mossos d'Esquadra. Era tan sencillo, tan solo tenían que abrir la puerta cuando él no estaba, o subir hasta el balcón, que siempre estaba abierto a causa del calor, y dejar en cualquier cajón el arma homicida. Tal y como había escuchado el sábado, cuando comió en el restaurante del paseo marítimo, de boca del ayudante del forense, y como había sugerido Fausto Anieva, el hombre del perro, a los dos hombres los mataron con una especie de aguja de ganchillo tunecina que tenía la longitud necesaria para llegar hasta el corazón. Así que, se dijo Moisés, cualquiera que tuviese en su piso una aguja de esas características sería el asesino. Se suponía que los Mossos d'Esquadra analizarían la aguja en busca de muestras de sangre, pero, en cualquier caso, quien tuviese esa aguja que se diera por jodido.

Moisés Guzmán salió a dar un paseo, procurando dejar el piso preparado para una entrada y registro.

«No tardarán mucho en venir», pensó.

Por el cariz que estaba tomando el asunto, sospechó que en unos días registrarían todos los pisos de los vecinos nuevos de la calle Velero. El suyo el primero, seguramente.

Bajó las escaleras y pasó por delante del piso de Cristina Amaya.

«Pobre chica», pensó.

Para Moisés, ella no era la asesina. No podía ser que una mujer tan sensual y tan guapa fuese una criminal. Se acordó del libro *El retrato de Dorian Gray*, donde se dice algo así como que una persona bella no puede ser mala.

Bajó hasta la calle. El sol aporreaba con una furia inusitada el alquitrán de la calle Velero. La mayoría de las tiendas habían desplegado sus toldos y los aires acondicionados rezumaban por doquier. Y como no podía ser de otra forma se topó de bruces con el hombre del perro.

—Buenos días, agente —le dijo a pesar de que a Moisés no le gustaba que le recordaran su condición de policía.

—Estoy retirado —dijo.

—Un policía nunca se retira.

—Yo sí.

—Sí, pero es policía hasta la médula —insistió el hombre del perro.

A Moisés se le hacía insufrible su sola presencia.

—Tengo prisa —se excusó.

—Un policía retirado con prisa... ¿No estará investigando los crímenes de la calle Velero?

—Un buen título para una novela de Allan Poe —dijo jocoso Moisés Guzmán—. Pero no es mi caso. Tengo que ir de compras, lo siento.

—Parece que los Mossos no dan con el asesino —afirmó el hombre del perro—. ¿O ya lo han detenido?

—Creo que no, pero ese no es tampoco mi problema.

—Si es usted policía..., sí que es su problema.

—Policía retirado...

—Pero policía.

—Bueno, señor Anieva —dijo lo más cortés que

pudo Moisés—, tengo que irme, de verdad, no puedo perder más tiempo.

Fausto Anieva llamó a su perro *Tasco* con un sonoro silbido y lo ató con la cinta de paseo, después se fue por la calle con el rostro indignado, aquel policía lo había menospreciado.

Moisés Guzmán siguió caminando hacia la calle Antonio Machado. Pasó por delante del quiosco de prensa y compró el periódico. Las mujeres estaban hablando de la noticia del día.

—Mira —le decía una a la otra—. Al final nos vamos a hacer famosos en el barrio.

Sobre el mostrador estaba el *Diario de Lloret* abierto por la segunda página. Se podía leer, en letras grandes, un artículo referente a los crímenes. «La policía no sabe quién es el asesino», decía la cabecera.

—Hay entre nosotros un asesino en serie —dijo la dueña del quiosco, sin dejar de sonreír.

—Y yo con estos pelos —le siguió la broma una clienta mayor y de abundante pelo rizado con rulos.

Moisés Guzmán pagó el periódico y siguió caminando por la calle en dirección al paseo marítimo. Tenía intención de acercarse hasta el bar Caprichos y averiguar cómo se encontraba Cristina después del registro domiciliario en su piso.

En la confluencia de la calle Antonio Machado con la carretera de la Costa Brava, se cruzó al escritor León Acebedo. El hombre iba cabizbajo, visiblemente perturbado, y se dirigía hacia la calle Velero.

—Hola, León —gritó Moisés—. Ha madrugado usted mucho.

Parecía que León Acebedo regresaba a casa después de haber sufrido algún tipo de percance. Pasó por al lado del policía retirado, ignorándolo por completo.

—¿Ocurre algo? —le preguntó Moisés.

El escritor ni siquiera respondió.

«Chalado», pensó Moisés.

León Acebedo siguió caminando apresurado y remontó la calle Antonio Machado sin mirar hacia atrás. Moisés pudo ver la espalda de su camisa completamente mojada. Viniera de donde viniera, lo hacía a toda prisa. A lo lejos divisó un coche patrulla de los Mossos d'Esquadra. El coche aminoró la marcha al pasar por al lado del escritor. Se detuvo. Dos agentes se apearon y vio Moisés cómo tras hablar unos segundos con él, León Acebedo se subió al coche.

«Lo han detenido», musitó.

Moisés llegó hasta el bar Caprichos y se sentó en la terraza. A esas horas, ya eran las nueve y media, había bastantes mesas llenas, pero no todas. Desde fuera pudo ver que en la barra había una cuadrilla de barrenderos que almorzaban como cada día y varios chicos jóvenes de aspecto alemán. Cristina Amaya se acercó hasta él.

—Buenos días, Moisés —le dijo con voz sensual.

La chica arrancó una mirada boba al veterano policía.

—Buenos días, Cristina —saludó.

Para Moisés Guzmán, su vecina Cristina Amaya estaba cada vez más guapa. Era exageradamente sexi y la muy ladina sabía vestir con encanto. Ese lunes de junio portaba un pantalón blanco muy corto, realzando sus piernas moteadas y blancas, una camiseta naranja entallada y unas zapatillas de esparto con un cordón atado a los tobillos. La chica llevaba el pelo suelto y perfectamente peinado. Únicamente unas ojeras, apenas perceptibles, delataban que no había dormido bien.

—¿Qué tal estás?

—Bueno —dijo ella—. He tenido días mejores.

—¿Te ha dicho algo el comisario de los Mossos d'Esquadra?

—No. De momento. Pero estoy esperando a que vengan a detenerme de un momento a otro.

—¿Por qué? —dijo Moisés, arrugando la frente.

—No sé. Después del registro de ayer...

—Si ayer hubieran encontrado algo ya te habrían detenido.

—Fueron a ver a mi madre —le explicó Cristina.

La señora Viviana la llamó por teléfono el domingo por la noche y le dijo que la habían ido a ver dos comisarios de los Mossos d'Esquadra. Le explicó que uno de ellos, el más cascarrabias, le estuvo preguntando todo el rato si su padre abusaba de ella cuando era pequeña. La mujer finalmente se vino abajo y les dijo la verdad.

—¿Y? —preguntó Moisés.

—Bueno, que les dijo algo que nunca debía haber dicho.

Moisés Guzmán no le preguntó a qué se refería. Si Cristina se lo quería contar, se lo contaría. Si no, pues no.

—Tranquila —le dijo, poniéndole la mano encima

— 222 —

de la suya, mientras recogía un vaso vacío de encima de la mesa.

Y en esos momentos pasó por al lado Fausto Anieva, el hombre del perro. *Tasco* corría tras él como un poseso. Se paró al lado de la mesa donde estaban Cristina y Moisés. Los miró con descaro y dijo:

—Tortolitos.

31

Para el escritor León Acebedo fue un auténtico calvario explicar a esos agentes el *don* que tenía. El comisario Josep Mascarell y el fiscal jefe lo miraban incrédulos.

—¿Y dice usted que puede saber cuándo va a morir
alguien? —preguntó, con toda la ironía posible, el jefe
de los Mossos d'Esquadra.

El fiscal Eloy Sinera tosió maliciosamente.

—Sé que es difícil de creer —se justificó el escritor—. Pero...

—Ya, ya —lo interrumpió el comisario—. Que antes de morir alguien se hace invisible.

—No exactamente —dijo el escritor—. Yo dejo de
verlo. Es como si se oscureciera todo y entonces el moribundo desaparece de mi ángulo de visión.

—¿Qué relación tenía con Alfonso Vela? —le preguntó Josep Mascarell, en referencia al anciano que murió en el hospital Sant Jaume el domingo por la mañana.

El escritor se encogió de hombros.

—Ninguna —dijo—. Únicamente fui allí a verlo morir.

—¿Sabía que iba a morir?

—No.

—¿Entonces?

—Bueno, fui hasta el hospital por azar. Yo no sabía nada de ese hombre, pero supuse que en una planta donde todos los enfermos son terminales alguno moriría ese día.

—¿Y murió ese precisamente? —inquirió el fiscal.

—¿Cuántos pacientes mueren a diario en ese hospital? —preguntó el escritor.

El comisario se incomodó visiblemente.

—¡Aquí las preguntas las hago yo! —gritó.

—¿Cuántos? —insistió el escritor.

—Le digo que aquí las preguntas...

El fiscal tranquilizó al comisario, que se había puesto rojo como un tomate.

—Está bien, está bien —dijo Eloy Sinera—. ¿Qué quiere demostrar?

—Que yo no maté a ese hombre —dijo el escritor—. Ni a ningún otro —añadió.

—¿Al del semáforo que hay delante de su casa? —preguntó el fiscal mientras el comisario se recomponía de su ataque de ira.

—Lo vi morir, pero yo no lo maté.

Los dos hombres clavaron sus ojos en la frente del escritor León Acebedo.

—¿Lo vio morir? —preguntaron al mismo tiempo.

—Así es. Aquella tarde estaba en mi despacho, cuya ventana da justo a ese semáforo.

—¿Qué vio? —preguntó Josep Mascarell, secándose la frente con un pañuelo.

—Vi que había un coche en el semáforo. Estaba vacío, no había nadie dentro.

—Siga —conminó el comisario.

—Pero eso es porque ese hombre estaba a punto de morir, y por eso no lo veía.

Tanto el comisario como el fiscal alzaron los ojos al cielo.

—El coche estaba con el motor en marcha. Parado delante del semáforo. Vi cómo llegaban los servicios de emergencia y la policía local. Todos miraban al interior del vehículo y metían sus manos dentro intentando coger algo.

—¿Qué? —preguntó el comisario.

—Desde la ventana de mi piso no podía verlo. Pero el hombre del perro estaba muy cerca y seguramente él sí que lo vio todo.

—¿El hombre del perro? —preguntó el fiscal.

—Sí, mi vecino del primer piso. Ese que tiene un beagle llamado *Tasco*.

Los dos, el fiscal y el comisario, sabían a quién se refería.

—Ese chalado —dijo el comisario—. ¿Estaba allí?

—En la acera de enfrente. Su perro jugueteaba con una pelota de goma y él miraba hacia el coche.

Ni el fiscal ni el comisario vieron en esa acción algo anormal.

—Vive enfrente, ¿no? —inquirió el comisario—. Además es un cotilla chafardero —dijo justificando su presencia—. Ese siempre está en todos los fregados.

—Igual que cuando mataron a Adolfo Santolaria —anotó el fiscal.

—Sí, es cierto —corroboró el comisario—. También estaba en la calle Ter esa tarde.

El fiscal y el comisario se miraron a los ojos. Luego sonrieron ya que pensaron lo mismo.

—Cuando se rompió la pierna y la tuvo escayolada seis meses estuvimos muy tranquilos en Blanes —dijo el fiscal.

—Sí, apenas salió de casa —sonrió jocoso el comisario—. ¿Qué más? —instigó al escritor.

—Nada más. Pero ese día me di cuenta de que cada vez más a menudo presentía la muerte de alguien.

—¿Cómo la de Adolfo Santolaria? —acusó el fiscal.

—No —gritó el escritor—. A ese hombre no lo conocía de nada.

—Era el dueño del bar Caprichos —censuró el comisario.

—Solamente lo conocía de eso, de ir a desayunar algún día.

—Bueno, señor Acebedo —siguió interrogando el comisario—. ¿Qué hacía en el hospital Sant Jaume ayer por la mañana?

—Ya se lo he dicho. Fui a comprobar si ese don del que les he hablado era cierto. Si tengo la cualidad de no ver a quienes van a morir.

—¿No ver? —dudó el fiscal.

—Sí, ya sé que me están tomando por loco. Pero lo que les digo es cierto. Cuando alguien está a punto de morir se hace invisible a mis ojos.

—¿No será esa la novela que está escribiendo?

—dijo el comisario sin poder evitar que se le escapara la risa por debajo del labio.

El fiscal soltó una enorme risotada que contrarió al escritor.

—Se pueden reír todo lo que quieran —les dijo a los dos—. Pero ese don que tengo es tan cierto como que están ustedes dos aquí riendo.

—Está bien, está bien —dijo sin dejar de reír el comisario—. Dice usted que el hombre del perro estaba allí, delante del coche rojo de Sócrates Algorta.

—No sé quién es ese Sócrates —dijo el escritor.

—El hombre que murió delante del semáforo —aclaró Josep Mascarell.

—Sí, mi vecino estaba allí cuando llegaron los servicios de emergencia.

—¿Pudo ver al asesino?

El escritor se encogió de hombros.

—Eso no puedo saberlo. En esos momentos estaba en plena crisis de visión.

Tanto el fiscal como el comisario no pudieron evitar una sonora carcajada, que apesadumbró todavía más a León Acebedo.

—Siento ser tan gracioso —les dijo—. Si no necesitan nada más de mí... ¿puedo marcharme?

—Sí, claro, señor Acebedo —dijo el comisario, secándose una lágrima del ojo—. Váyase tranquilo y sobre todo no salga de Blanes en los próximos días, podríamos tener que interrogarle.

Un agente de los Mossos d'Esquadra acompañó al escritor León Acebedo hasta la puerta de comisaría. El fiscal, Eloy Sinera, y el comisario, Josep Mascarell, se quedaron charlando muy animados en el despacho.

—¿Qué te parece el personaje ese? —le preguntó el comisario.

—Está realmente como las maracas de Machín —le dijo el fiscal.

—Sí —anotó el comisario—, pero si es cierto que el hombre del perro, Fausto Anieva, estuvo allí el día que murió Sócrates Algorta, ¿no te parece extraño que no haya dicho nada? Ese hombre no puede estar callado, ni debajo del agua, y una muerte así le daría tema de conversación para un mes entero.

El fiscal se quedó mirando al comisario.

—Sí que es raro. Sí.

32

Moisés Guzmán estuvo en la terraza del bar Caprichos toda la mañana del lunes veintiuno de junio. Cristina Amaya salía a servir las mesas y de vez en cuando se acercaba hasta donde estaba el policía retirado y le obsequiaba con una sonrisa y un guiño de ojo. Para él, esa chica era una auténtica belleza, llena de plenitud y sentimientos encontrados. Para Cristina, el policía retirado era un hombre atractivo y sensible.

Desde el interior, escondida detrás de la barra, la dueña del bar, Mirella Rosales, miraba con recelo la relación que se estaba gestando entre los dos.

—No te conviene —le dijo Mirella a Cristina, en un momento que las dos coincidieron detrás de la barra.

—Es un buen hombre —dijo Cristina con un tono de voz excesivamente coqueto.

—Estás flirteando con él y ese —dijo la chica ecuatoriana refiriéndose a Moisés— solamente quiere follar contigo.

Para Mirella Rosales, mujer acostumbrada a sufrir

y a luchar en la vida, la relación que podía buscar Cristina con Moisés Guzmán se debía, única y exclusivamente, a una necesidad de interés mutuo. Para Cristina era la posibilidad de sentirse segura y arropada, no había que olvidar que Moisés era un policía nacional. Y para él, era la oportunidad de tener sexo con una chica sensual y extraordinariamente bella.

Cuando faltaba poco para cerrar el bar Caprichos, el tono de las insinuaciones entre los dos subió ligeramente.

—Oye —le dijo Cristina a Moisés—. ¿Qué hace un hombre tan guapo sentado en mi terraza?

Moisés sonrió coqueto.

—Esperando a que venga un ángel a rescatarme —replicó.

Cristina Amaya, cada vez que pasaba por delante, daba un giro de ciento ochenta grados y le mostraba, al maduro policía, sus nalgas vigorosas, que resplandecían debajo de ese pantalón blanco que lo volvía loco. En una de las ocasiones que le sirvió un refresco de naranja en la mesa, ella se agachó tanto, que por encima de su camiseta pudo Moisés otear uno de sus pezones. Llevaba un *piercing* de plata muy discreto, pero que hizo que el maduro policía tuviese una irrefrenable erección. Aquella chica pelirroja y de sugerente figura lo estaba poniendo a cien por hora, y él no sabía cómo parar.

—¿Qué harás cuándo termines de aquí? —le preguntó Moisés.

—No sé —dijo ella—. Igual me voy a comer por ahí con alguien.

El policía retirado captó la indirecta.

—Conozco un buen restaurante en el paseo marítimo —le dijo—. Muy cerca de la Explanada del Puerto. Sirven un pescado muy rico.

—¿Podríamos ir allí los dos a comer? —preguntó la chica, sin andarse con rodeos.

Moisés divagó sus ojos por el escote sugerente y se imaginó a sí mismo mordisqueando el *piercing* de su pezón. La erección terminaría por romperle los pantalones.

En la barra, Mirella volvió a censurar lo que su compañera estaba haciendo.

—¿Qué buscas en ese hombre?

Cristina arrugó la boca como si fuese a darle un beso.

—Pasarlo bien —le dijo—. ¿No tengo derecho?

—A mí no me engañas —objetó la chica ecuatoriana—. Tú quieres algo de él.

—Puede...

Moisés se quedó en la terraza, aplacando su erección, mientras le daba por pensar que Cristina Amaya podía ser la asesina de hombres maduros que buscaban los Mossos d'Esquadra. Una especie de *Mantis religiosa* que se comiera al macho después del apareamiento. Él encajaba perfectamente en el perfil. Coincidía en la descripción física de los dos hombres asesinados: el del semáforo y el dueño del bar Caprichos. Se imaginó a Cristina copulando con él y después clavándole el *piercing* del pezón en el corazón, hasta la muerte. La erección seguía sin detenerse y amenazaba con producirle un esguince en su miembro viril. Cuanto más pensaba en Cristina encima de él, cabalgando como una yegua imparable e introduciendo el *piercing* en su corazón, más se excitaba.

Mientras las chicas recogían el bar, con la persiana medio bajada, Moisés se sentó en uno de los bancos del paseo marítimo, mirando al mar. A esa hora la playa estaba llena de turistas y unas chicas muy delgadas pasaron por delante patinando y riendo. En el interior del Caprichos Cristina recogía las mesas y Mirella limpiaba con una bayeta la cafetera.

—¿De verdad te gusta?

Cristina se agarró los dos pechos con las manos.

—Necesito una tarde de marcha —dijo.

—Hay otros hombres.

—Sí, pero este no me dará problemas. Es un policía retirado y en cuanto acabe el mes regresará a su casa.

—No lo sabes —cuestionó Mirella.

—No quiero ataduras y me apetece pasar una buena tarde. Comer en un restaurante y luego... lo que surja.

Mirella Rosales miró a Cristina con desconfianza. ¿Y si era la asesina? Encajaba en el tipo de persona que mata a hombres maduros. No sabía nada de ella, pero recordó la primera tarde en el bar, cuando Adolfo Santolaria la asaltó y quiso forzarla. Ella se resistió, pero aun así aguantó trabajando al día siguiente y no dijo nada a nadie, ni siquiera lo denunció. Seguramente ya estaba planeando el crimen y le tranquilizó la venganza que se cernía sobre el dueño del bar Caprichos. Por eso se ofreció como coartada a Mirella en el caso de que la policía la investigara. Era una coartada recíproca: Mirella también diría que estuvieron esa tarde juntas, aunque fuese mentira.

Moisés le dijo a Cristina que tal vez lo mejor sería ir a comer a Lloret de Mar. Allí había buenos restaurantes y evitarían que los vieran los vecinos de Blanes.

—A mí no me importa —le dijo ella.

—¿Ir a Lloret o que te vean conmigo?

—Las dos cosas.

—Bueno, pues entonces comemos aquí —decidió finalmente Moisés Guzmán.

Los dos estuvieron en el restaurante donde había comido el policía retirado el sábado por la tarde. Disfrutaron de una suculenta parrillada de pescado variado y se bebieron dos botellas de vino blanco de aguja. Conversaron acerca del devenir de la vida; Moisés le habló de sus planes de futuro, y Cristina de su intención de montar un negocio propio, ya que no le gustaba trabajar para otros. La chica, desde luego, era inteligente. Moisés se quedó impresionado al saber que hablaba con soltura el francés y el inglés y no le asombró cuando le dijo que estuvo trabajando como secretaria de dirección en los *stands* de la feria de Barcelona, ya que con ese cuerpo podría trabajar de cara al público perfectamente. Cristina obvió hablarle de su infancia y de lo mal que lo pasó con su padre y de lo mucho que se alegró cuando murió, víctima de un cáncer de colon. La chica se encontraba a gusto con el policía y no quería decir nada que le disgustara.

Moisés se empezó a encariñar. Sus ojos resbalaban por la tez de Cristina y se le iban constantemente a sus pechos. Según como la chica colocara los brazos, podía distinguir el *piercing* de su pezón. Y hubo un momento en que no le importó morir en sus manos.

33

La noche del lunes veintiuno de junio fue la más calurosa de los últimos cincuenta años, dijo el telediario local. La leve brisa marina que recorría Blanes abrasaba a sus habitantes hasta sumirlos en un sopor irremediable. Por la calle Velero patrulló un coche de los Mossos d'Esquadra, que pasó varias veces. Estuvo haciendo el mismo recorrido desde la calle Antonio Machado hasta la calle Mas Florit. Cuando pasaba por el número dos reducía la marcha. En el último piso de ese número, el balcón estaba abierto. La cortina de color beige ondeaba, balanceándose, por encima de la barandilla azulada. En el interior, sus dos moradores, sucumbían a una pasión extrema. Moisés Guzmán estaba estirado en la cama boca arriba y sobre sus rodillas se había sentado Cristina Amaya. Ella estaba completamente desnuda y se dejó caer sobre él, aplastando sus pechos contra el torso velludo del policía retirado. El *piercing* del pezón de la camarera del Caprichos se le enredó con un pelo y al levantarse de nuevo se lo arrancó de cuajo. Moisés desfalleció por el calor y el alboroto de la sensual Cristina, que momentos antes había cabalgado incansable sobre su estómago.

—Uf —dijo el policía—. Creo que me has matado.

Ella sonrió y se echó a su lado. Y se dedicó a hacer remolinos de pelo, en el pecho de Moisés, con el dedo índice de la mano derecha. Él alargó el brazo y lo posó en sus nalgas. Eran duras, de piel lisa y resbaladiza. El sudor les arrancaba brillos reflectantes.

—¿Qué tal? —le preguntó Moisés.

Cristina soltó un leve suspiro.

—Estoy destrozada —dijo mientras le daba un beso en la boca—. ¿Tienes algo para beber?

—En la nevera.

Cristina se levantó y caminó descalza hasta la cocina. Su silueta se dibujó en la penumbra del piso de Moisés. Era perfecta. El policía retirado la observó y pensó que estaba soñando. No era posible que él hubiera estado, momentos antes, retozando con esa chica en su cama.

—¿No tienes algo más fuerte? —preguntó ella desde la cocina.

—¿Cómo de fuerte?

—Un cubata, por ejemplo. Aquí solamente hay refrescos. ¿Tienes ron?

—Seguramente, no —dijo Moisés—. Y me parece que me terminé la última cerveza.

Cristina apareció de nuevo en la habitación. Sus pechos permanecían inmóviles mientras hablaba.

—En mi piso tengo ron —dijo—. Ahora mismo vuelvo.

—¿Vas a bajar así?

—¿Y por qué no? —dijo ella riendo—. No creo que a estas horas haya alguien en la escalera.

Moisés miró el reloj, tan solo eran las once de la noche.

—Te verá alguien.

—Pues mejor para él, así se recreará la vista —dijo Cristina mientras cogía las llaves y abría la puerta para salir fuera.

La chica bajó completamente desnuda hasta su piso, en la segunda planta. Entró y se dirigió a la cocina, donde cogió un paquete de seis latas de cola. Luego buscó una bolsa de supermercado y metió dentro una botella de ron negro. No se había fijado si Moisés tenía hielo en su piso, así que abrió el congelador y cogió una bandeja de cubitos. En el mármol de la cocina había una batidora estropeada. Las piezas se habían desparramado unos días antes cuando a Cristina se le cayó al suelo. Las cuchillas las dejó dentro de un plato hondo y la varilla de la batidora estaba suelta al lado del microondas. Cristina miró las piezas sueltas y lamentó el desorden.

Arriba, en el piso del policía retirado, Moisés Guzmán seguía estirado sobre la cama, mirando el techo y agradeciendo la noche de sexo que había tenido. Esa chica era única. Lo había hecho disfrutar como nunca. Hacía ya un rato que Cristina salió desnuda y se dirigió a su piso a buscar bebida. Moisés no pudo evitar acordarse de los hombres asesinados y de la forma en que murieron. Le dio por pensar que ella estaría en su piso buscando el arma. Tan solo tenía que esperar a que él se durmiera para asestarle el aguijonazo que le paralizaría el corazón. Y Moisés se levantó y se dijo que no dormiría en su piso con ella.

El timbre de la puerta sonó. El policía retirado abrió la mirilla. Cristina estaba en el rellano, desnuda y con una bolsa en la mano.

—Traigo lo que necesitamos —dijo.

El policía abrió la puerta.

—Hielo, ron y cola, ¿qué más queremos? —dijo.

Los dos entraron hasta el comedor del piso. Cristina abrió la bolsa y dejó la botella de ron sobre la mesa.

—Voy a coger dos vasos —dijo Cristina.

—Ya los traigo yo —se ofreció Moisés.

La chica preparó dos cubatas y vació una buena cantidad de ron en ambos vasos.

«Me quiere emborrachar», pensó Moisés.

—Toma. —Alargó el brazo Cristina—. Te tienes que reponer..., luego seguiremos.

Y Moisés no pudo contener otra incipiente erección que amenazaba con prolongar la noche con Cristina.

34

A esa hora del lunes, dos hombres charlaban amigablemente en el primer piso del número veinte de la calle Velero. Eran el escritor León Acebedo y el hombre del perro, Fausto Anieva. El segundo había invitado al escritor a entrar en su piso.

—Parece mentira que seamos vecinos —le dijo.

—Ya es tarde para mí —se excusó el escritor—. Tengo sueño y mañana había previsto madrugar.

—Pase, pase —lo invitó—. Tengo ganas de charlar un rato con usted.

El piso del hombre del perro estaba alegremente decorado. En las paredes pendían una innumerable cantidad de pósteres de películas de los años cincuenta y sesenta. El escritor los miró.

—Ya no hay actores y actrices como antes —dijo Fausto Anieva, nostálgico—. El cine está en declive.

El escritor asintió ya que compartía esa opinión.

—La culpa la tienen ustedes en parte —dijo el hombre del perro.

—¿Nosotros?

—Sí, el cine bebe de la fuente literaria. Si hay una mala literatura, es lógico pensar que también haya un mal cine —aseveró el hombre del perro.

—Bueno —balbuceó el escritor—, creo que la literatura actual es muy buena y que hay grandes escritores.

—Los escritores de hoy día no dicen nada —contradijo Fausto Anieva—. Cuando leo una novela actual me quedo impávido. La literatura de hoy día no conmociona, no hace pensar. Igual que el cine. Solamente hay efectos especiales y tiros y naves extraterrestres. Ya no hay comedias de enredo. Nada más comenzar el libro ya se puede adivinar quién es el asesino.

El escritor pensó en su última novela publicada, *Muerte a ciegas*, y se dijo si el hombre del perro no estaría haciendo referencia a ella.

—Hay una mala literatura y eso influye en todo lo demás —aseguró Fausto Anieva—. Un mal cine, una pésima televisión, una mala prensa. Hasta los hábitos de los ciudadanos han cambiado ostensiblemente.

—Bueno —se defendió el escritor—, nosotros hacemos lo que podemos. Pero no podemos ser insensibles a las corrientes actuales.

—Deberían intentarlo. La corriente actual la han de marcar ustedes.

El escritor sonrió.

—Sí, se están dejando llevar por injerencias extranjeras.

—Bueno —dijo León Acebedo—, del extranjero vienen muchas cosas buenas.

—Eso era antes —elevó el tono de voz el hombre

del perro—. Poe, Shakespeare, Beckett, Carroll, Wilde..., ahora ya no están y no hay sustitutos.

—Contra eso no podemos luchar.

—Sí, hay una forma de hacerlo. No tienen que dejar que les influyan las opiniones venidas de los países de América del Sur.

El escritor encogió los hombros. No comprendía lo que el hombre del perro estaba insinuando.

—En esos países está lo peor de todo. La decadencia —dijo.

Para León Acebedo los comentarios del hombre del perro estaban derivando en tintes racistas.

—Sí, sí, nos importan, a la fuerza, su forma de vida, sus mujeres y también su literatura... —Cogió aire—. Aún no comprendo cómo puede alguien mantener relaciones con una mujer ecuatoriana —dijo.

A León Acebedo no le gustó la dirección que estaba tomando la conversación.

—Creo que está usted mezclando cosas distintas —dijo el escritor—. ¿Qué tiene que ver la literatura con las mujeres ecuatorianas?

—Bueno, disculpe —se excusó—, me he dejado llevar por las últimas noticias de esos hombres asesinados que mantenían relaciones con mujeres ecuatorianas.

El escritor se quedó pensativo. El hombre del perro le había dado un buen móvil para el asesino: los dos hombres muertos coincidían en eso, en mantener relaciones con mujeres ecuatorianas. «¿Cómo se me pudo pasar?», pensó.

—¿Y por eso los mataron? —le preguntó.

El hombre del perro se encogió de hombros.

—Y yo qué sé por qué los mataron —dijo colérico.

—Ha dicho que los dos hombres asesinados mantenían relaciones con mujeres ecuatorianas. El primero, el del semáforo, tenía una amante en Lloret de Mar de origen ecuatoriano. El segundo, el hombre del bar, se entendía con Mirella, la chica que ahora es dueña del Caprichos —dijo el escritor.

—Coincidencias —aseveró Fausto Anieva—. Hay muchos hombres que tienen amantes o incluso esposas de Ecuador y de otros países.

Mientras los dos hombres hablaban, *Tasco*, el beagle, jugaba en el balcón con una pelota de goma de color rojo. El perro la mordisqueaba y de vez en cuando se le escapaba de sus fauces, con lo que se golpeaba contra una rejilla de plástico que cubría la barandilla. En la esquina del balcón había una silla de ruedas con un cojín sobre el asiento lleno de pelos.

—Es su cama —dijo Fausto, al ver que el escritor se fijaba en ella.

—Que cama más original.

—Es mía —dijo refiriéndose a la silla de ruedas—. Hace un par de años sufrí un accidente y me fracturé esta pierna. —Fausto se tocó la pierna derecha—. Se partió por varios sitios y estuve seis meses inválido. Ahora la utiliza *Tasco* como cama.

El escritor pensó que Fausto se había recuperado muy bien de la lesión, ya que apenas cojeaba.

—¿Quiere usted tomar algo?

—No, se lo agradezco —respondió León Acebedo—. Como le he dicho, ya es tarde y mañana tengo previsto madrugar.

—¿Cómo va ese otro libro?

—No quiero dejarlo mucho para que no se me vayan las ideas.

Fausto Anieva asintió con la cabeza.

—Reconozco que algo de razón tiene usted en lo referente a la literatura —quiso agradar al hombre del perro—. Pero hay que rendirse ante la modernidad y escribir sobre lo que la gente quiere. Es algo parecido a los programas de televisión, esos que nadie ve, pero que son líderes de audiencia.

—Ya sé a qué se refiere, a la telebasura, ¿verdad?

—Cierto —dijo el escritor—. Es la televisión moderna. El espectador quiere ver a los que son menos que él y así, en cierta manera, sentirse superior. Todos sabemos que no es la televisión más acertada, pero es la que vende, y el dinero es el que manda en la sociedad moderna.

—¿Ocurre lo mismo con la literatura? —preguntó Fausto Anieva.

—Espero que no —respondió el escritor—. Espero que no llegue a ocurrir nunca.

35

El martes veintidós de junio amaneció encapotado y grisáceo. El calor de los días anteriores amenazaba con una atronadora tormenta de verano. Cristina Amaya se levantó de la cama del piso de Moisés Guzmán y le dio un beso en los labios. A su lado, en la mesita de noche, había una botella vacía de ron y dos vasos que mancharon el suelo con el agua de los cubitos de hielo derretidos. El policía retirado dormía boca abajo y ni siquiera se despertó. Cristina miró el reloj y vio que se había dormido, ya eran las cinco de la mañana.

A esa misma hora abría el bar Caprichos. Mirella Rosales se encontraba levantando la pesada persiana y ya esperaban dos barrenderos en la puerta para tomar el primer café del día.

El ayudante del forense, Santiago Granados, estaba paseando a su perro *Caniche*, por el paseo marítimo de Blanes. El forense, Amando Ruiz, le había dado fiesta, y el chico no pudo dormir bien, así que se levantó pronto y salió a pasear a su perro. En el Passeig Pau Casals se cruzó con una patrulla de los Mossos d'Esquadra que circulaba a toda velocidad con los rotativos en marcha. En el interior del coche pudo distinguir a cuatro agentes uniformados.

En la comisaría de los Mossos d'Esquadra de la calle Ter había un gran trasiego. En la planta de arriba estaban el comisario, Josep Mascarell, el fiscal jefe, Eloy Sinera, y varios mandos de la policía judicial. Ante ellos un panel de corcho con un plano de Blanes y muchas chinchetas de colores clavadas en varios puntos de la ciudad.

—Bien, señores —dijo un mando de la policía judicial con marcado acento catalán—. Partimos de la base de que estamos ante un asesino en serie.

Tanto el comisario, Josep Mascarell, como el fiscal jefe asintieron con la cabeza.

—Si es así —siguió hablando el agente—, estamos ante el próximo asesinato que se producirá entre hoy y mañana, lo más tardar. Veamos —dijo—. Al hombre del semáforo, Sócrates Algorta, lo mataron el lunes siete de junio entre las ocho y las nueve de la tarde aquí. —Señaló la calle Velero—. Ignoramos aún si murió al principio de la calle y fue circulando, ya moribundo, hasta la esquina de la calle Antonio Machado. Al segundo hombre, Adolfo Santolaria, lo mataron aquí. —Señaló a un punto de la calle Ter—. Muy cerca de la comisaría, mientras, el dueño del bar Caprichos estaba en su piso. A este lo mataron el martes quince de junio, aproximadamente a la misma hora que al primero.

—Un patrón —dijo el comisario Josep Mascarell interrumpiendo al agente—. Tenemos un patrón en lo referente a la hora: entre las ocho y las nueve de la tarde. Y un patrón en lo referente a los días: el primero, un lunes, y el segundo, un martes. Luego...

—El siguiente es el miércoles veintitrés de junio —terminó la reflexión el fiscal jefe.

—Así es señores —dijo pletórico el comisario—. Mañana se cometerá el tercer crimen del asesino en serie. Por los datos sabemos que será un varón entre cincuenta y sesenta años y que ha mantenido o mantiene relaciones con una chica ecuatoriana.

—¿El policía retirado? —preguntó el fiscal—. Él es un buen candidato.

El comisario se rascó la barbilla.

—Hummm, que sepamos no mantiene relaciones con mujeres del Ecuador, aunque últimamente lo han visto mucho por el bar Caprichos.

El comisario se refería a los informes de los agentes que había apostados en el paseo marítimo y que vigilaban día y noche a Mirella y a Cristina.

El agente de la policía judicial siguió hablando.

—Estamos casi seguros de que el asesino es un hombre. En ambos crímenes se ha utilizado bastante fuerza —afirmó.

El comisario no estaba conforme con esa aseveración.

—Aunque les rogaría que no descartaran nada —objetó—, podríamos estar ante una mujer.

Cuando se hablaba de asesinos en serie no encajaba el perfil de una mujer, había muy pocos casos históricos que lo avalaran, pero no había que descartar nada.

—Respecto a la zona de actuación —dijo el agente

de la policía judicial—. Los dos puntos son muy próximos entre sí, por lo que sospechamos que el autor reside por la zona y que el próximo crimen se producirá cerca o en un punto intermedio.

El comisario arrugó el rostro. No le gustó la expresión utilizada por el agente de la judicial cuando dijo «el próximo crimen se producirá», ya que, de hecho, ellos estaban allí para eso, para impedir que hubiera más crímenes. El agente se dio cuenta y rectificó.

—El próximo crimen, de producirse, sería en un punto intermedio o siguiendo el trayecto hacia el mar...

—Un momento —lo detuvo el comisario.

Josep Mascarell se levantó de su silla y se acercó hasta el panel donde estaba hablando el agente de la policía judicial.

—¿Se han dado cuenta? —dijo.

Los demás encogieron los hombros, incluido el fiscal jefe.

El plano de la pared tenía las distancias a escala. El comisario vio que entre la calle Velero y la calle Ter había mil quinientos metros de distancia. Tras medirlo dijo:

—Mil quinientos justos.

Luego midió la distancia entre la calle Ter y el Passeig Pau Casals, donde estaba el bar Caprichos, y dijo:

—Mil quinientos también.

Las distancias eran casi exactas.

—Lo ven —dijo orgulloso por el descubrimiento—. El primero murió aquí —señaló el plano—, el lunes siete a las ocho de la tarde. El segundo aquí —volvió a señalar el plano—, el martes quince a las ocho de la

tarde y a mil quinientos metros del primero. Y al tercero —dijo lleno de gozo—, lo querrán matar aquí... —Su
dedo se posó encima del bar Caprichos—. Misma hora,
ocho días de diferencia y mil quinientos metros de distancia.

«Este tío es un gilipollas», pensó el agente de la judicial. «No tiene ni idea de investigar.»

36

El martes por la tarde, las dos chicas, Mirella y Cristina, cerraron el bar Caprichos, como cada día. Ya era la una del mediodía cuando bajaron la persiana. No había sido un día de mucho trabajo, ya que al estar el día nublado, la afluencia de turistas fue menor. La playa estuvo toda la mañana medio vacía. Mirella Rosales se dedicó a recoger las mesas y colocó los taburetes encima de la barra, mientras que Cristina Amaya barrió la terraza y limpió el baño de los hombres y de las mujeres. Frente al bar, a unos escasos diez metros, había un coche parado de los Mossos d'Esquadra. Era un vehículo camuflado y en el interior había dos agentes de la policía judicial encargados de vigilar a las chicas.

—¿Qué tal ayer? —le preguntó Mirella a Cristina.

—¿Qué tal qué?

—¿Al final te tiraste al policía ese?

Cristina se encogió de hombros.

—No, que va. Estuve toda la tarde lavando ropa y

limpiando el piso. Hacía días que no limpiaba y parecía una pocilga.

—Pues os fuisteis del bar muy acaramelados —anotó Mirella—. Yo pensé que al final te lo llevarías a la cama.

—Oh, no —negó Cristina—. Nos fuimos cada uno por nuestro lado. Ni siquiera lo he vuelto a ver desde ayer por la tarde.

Mirella la miró con recelo.

Cuando terminaron de recoger todo, las dos chicas se despidieron en la puerta del bar. Mirella se fue a su casa y Cristina a su piso.

—¿Te llevo? —le preguntó la chica ecuatoriana, que se había traído su coche.

—No, gracias —negó Cristina—. Prefiero ir dando un paseo.

Cristina Amaya se fue andando y pasó por delante de la comisaría de los Mossos d'Esquadra. Mirella se fue en coche y circuló por la carretera de la Costa Brava. A esta última la siguió el coche de los Mossos d'Esquadra que había en la puerta. A Cristina la siguieron una pareja de agentes de paisano que esperaban sentados en un banco del paseo marítimo. Ninguna de las dos chicas se percató de que las seguían.

A las dos de la tarde llegó Cristina a su piso. Abrió la puerta y dejó sobre la mesa del recibidor el bolso y las llaves. Fue al cuarto de baño, se puso desodorante y se cambió la camiseta por una rosa con flores estampadas. Salió de su piso y subió hasta la planta de arriba, donde había dejado esa misma mañana a Moisés tumbado en la cama. Llamó dos veces...

Pasados dos minutos le abrió la puerta Moisés. Su cara parecía un muerto viviente. Tenía unas ojeras enormes y uno de los ojos se le había pegado a causa del sueño.

—¿Qué tal está el campeón? —le dijo ella.

—Uf, si no hubieras llamado a la puerta aún dormiría.

—Lo de ayer fue estupendo —le dijo ella.

Él sonrió y le dio un beso en la boca.

—Te huele el aliento —le dijo Cristina.

—Me acabo de levantar. ¿Qué tal el trabajo?

—Cansada, pero podríamos salir a comer fuera. La chismosa de mi compañera quería saber si ayer estuvimos juntos.

—Y... ¿qué le has dicho?

—No he querido darle explicaciones. Le he dicho que ayer nos fuimos cada uno por nuestro lado y que no te había vuelto a ver.

—Haces bien —dijo Moisés—. A nadie le importa lo nuestro. Dame media hora para ducharme y vestirme y nos vamos a donde quieras.

Cristina asintió y bajó hasta su piso a ducharse y cambiarse de ropa.

Mirella Rosales aparcó el coche delante de la puerta de su casa, en la calle Fragata. Lejos del bullicio de la zona centro de Blanes. El coche camuflado de los Mossos d'Esquadra aparcó un poco antes, sin que ella se percatara de que la estaban siguiendo, aún.

La chica ecuatoriana se bajó del coche y se adentró en el interior de su casa. El perro de un vecino que correteaba por el jardín soltó un leve ladrido. Ella sonrió.

Un poco más adelante de la entrada de la casa de Mirella, estaba paseando su perro *Caniche*, Santiago Granados, el ayudante del forense de Blanes. Muy lejos de su casa, pero solía quedar con Fausto Anieva, amigo de la familia, para pasear los perros y charlar un rato. A Fausto Anieva le fascinaba el joven hijo de los Granados, sobre todo por su aspecto afeminado y sus dulces maneras. Fausto llegó unos minutos más tarde.

—Disculpa el retraso —le dijo a Santiago—. *Tasco* no tiene ganas de andar hoy.

Los dos perros se fueron corriendo detrás de unos arbustos del parque y se pusieron a jugar.

Los dos agentes de paisano que vigilaban la casa de Mirella se dieron cuenta de la presencia de los dos amigos. Pero no pensaron que tuvieran nada que ver con el asunto de su vigilancia.

—Ahí están esos dos mariquitas —dijo uno.

El otro sonrió.

Santiago y Fausto iniciaron una conversación acerca de la chica ecuatoriana y de la suerte que había tenido.

—Ahí vive esa puta —dijo Fausto—. Y, desde que mataron a Adolfo Santolaria, encima va y hereda la fortuna de ese putero.

Santiago no dijo nada, pero asintió con la barbilla.

—Este país se está yendo al carajo —siguió blasfemando Fausto Anieva—. Si murieran todos los que se acuestan con esas zorras —dijo—, ya no vendrían más aquí a chuparnos la sangre.

Santiago siguió sin decir nada, no le gustaba lo que Fausto decía.

—Y encima va y tiene suerte —siguió maldiciendo—. Ahora no solo tiene dinero, sino que es la dueña del bar y del piso de la calle Ter.

—El sol sale para todo el mundo —dijo Santiago.

—Sí —acató Fausto—. Pero que salga en su país y no en el nuestro. Y lo que me gustaría saber es quién se la está tirando ahora a esa zorra —preguntó en voz alta.

Santiago se encogió de hombros.

—¿El policía retirado?

—No lo sé —dijo Santiago, visiblemente contrariado.

—Apuesto a que es ese policía de la calle Velero el que se la está tirando —dijo Fausto Anieva—. Ayer por la noche salí a pasear a *Tasco* por la calle Mas Florit y vi luz en el balcón del número dos. Imagino que ese tal Moisés Guzmán se la llevó a su piso. Encaja en el perfil de esa zorra: maduro, cincuentón, parcialmente calvo y soltero. Seguro que al policía le queda una buena paga de jubilación y la muy ladina no tiene bastante con el piso y el negocio de Adolfo, sino que quiere más y más y más...

Santiago Granados empezó a asustarse. Su amigo Fausto Anieva estaba perdiendo los papeles.

—Esta noche me esperaré por la calle Velero y ya verás cómo la furcia se está tirando al policía retirado —dijo.

Esa noche de martes, el joven Santiago Granados, estuvo hablando con su madre, la señora Matilde, en la casa que tenían en la calle Montferrant de la zona residencial. El chico le dijo que había visto muy extraño a Fausto Anieva y le resumió los comentarios que este le hizo acerca de la nueva dueña del bar Caprichos.

—Fausto es un racista —le dijo.

—Siempre lo ha sido, hijo —aseveró la señora Matilde—. Lo que pasa es que debe de estar molesto por la herencia de Adolfo.

—¿Sabes qué pienso, mamá?

—¿Qué?

—Igual te parece una locura, pero creo que el asesino de esos dos hombres ha sido él.

—¿Fausto? —preguntó, gritando la señora Matilde.

—Sí —dudó Santiago—. Odia tanto a las inmigrantes ecuatorianas que puede que matara a esos hombres como un castigo. Los dos se entendían con mujeres de origen ecuatoriano.

La madre arrugó la frente.

—Es cierto, pero...

—Además vive en la zona donde los mataron. El primero en la calle Velero, frente a su casa. Y el segundo en la calle Ter, más abajo, pero cerca también —terminó de decir Santiago, ante la mirada incrédula de su madre.

—No creo yo que Fausto fuera capaz de esos crímenes —dijo la señora Matilde; aunque su mente trataba de hilar los asesinatos y no le pareció descabellada la hipótesis de su hijo.

—Me habló esta tarde del policía retirado que vive en la calle Velero.

—¿Qué policía? —preguntó la madre.

—En la calle Velero, al principio, tocando con Mas Florit, vive un policía nacional retirado que ha venido a pasar el verano en Blanes. Encaja con el perfil de los asesinados: grueso, cincuentón y algo calvo. Según Fausto ese hombre se está tiran…, bueno que se entiende con la dueña del bar Caprichos. De la manera que me ha hablado esta tarde de él, creo que puede ser el siguiente en morir.

—Hijo —le dijo su madre—, lo que me estás contando es muy grave. Habría que decírselo al comisario de los Mossos d'Esquadra.

—No tengo pruebas.

—No son necesarias. Hay muchas coincidencias —argumentó la señora Matilde.

—Entonces la policía ya las habrá tenido en cuenta —se excusó Santiago.

—Tienes razón —dijo la madre—. Si vamos a los Mossos con esta historia, igual se mofan de nosotros y tu padre tendría más argumentos para pensar que soy una estúpida.

—Mejor que no digamos nada —vaticinó Santiago, mientras acariciaba al pequeño *Caniche*.

37

La noche del martes veintidós de junio, se hallaba apostado en el balcón del número veinte de la calle Velero, el escritor León Acebedo. Desde su posición elevada podía ver la totalidad de la calle. Observaba los coches que pasaban despacio y se detenían en el cruce de la calle Antonio Machado. Una moto atronó escandalosa, y provocó ladridos de los perros que había en una de las terrazas. El hombre del perro paseaba a *Tasco*, atado con una correa, por la acera. Se detuvo delante del número dos, frente al bloque de pisos del policía retirado Moisés Guzmán.

—¿Qué hará ese ahí? —se preguntó el escritor.

Desde su piso pudo ver la silla de ruedas que había en el balcón de Fausto Anieva, la que utilizaba *Tasco* como improvisada cama. El escritor se imaginó al hombre del perro con la pierna escayolada y caminando por las calles a lomos de esa silla de ruedas.

Fausto Anieva se percató de que le estaba mirando y desde la calle alzó la mano y saludó a León Acebedo, que se sintió descubierto. Luego se metió dentro del piso y siguió escribiendo su novela.

En la calle, el hombre del perro continuó mirando hacia el balcón donde vivía Moisés Guzmán, el policía retirado. Se imaginó que dentro estarían él y la chica ecuatoriana, la nueva dueña del bar Caprichos. Los dos estarían retozando.

—Ven, *Tasco* —le dijo a su perro—. Es hora de ir a dormir.

Justo se marchó Fausto Anieva, Cristina Amaya se asomó al balcón del piso de Moisés Guzmán. La bella pelirroja azuzó su cabellera junto a la barandilla y se percató de un coche azul que había aparcado en la esquina de la calle Mas Florit, frente a un pequeño parque donde los vecinos sacaban a pasear a sus perros. Ese mismo coche lo había visto por la mañana aparcado cerca del bar Caprichos.

—Mira, Moisés —le dijo al policía retirado—, ese coche estaba esta mañana frente al bar, y creo que lo he visto más días.

Moisés se asomó al balcón y nada más ver el coche supo quiénes eran.

—Son mossos d'esquadra —le dijo a Cristina.

Para el veterano policía no era ningún misterio el modelo de vehículo, ni que dentro hubiera dos hombres jóvenes, uno de ellos con la ventanilla bajada y fumando.

—¿Y qué hacen aquí? —preguntó Cristina—. Espero que les quedara claro que yo no tengo nada que ver con las muertes de esos hombres.

—Espero que así sea —dijo Moisés—. Pero seguramente siguen vigilando a los vecinos por si el asesino vuelve a actuar.

Delante de la portería del número dos de la calle Velero, pasó en esos momentos el joven ayudante del forense, Santiago Granados. En sus brazos sostenía a *Caniche*, que se había agotado de tanto andar. Su dueño lo había llevado demasiado lejos y sus cortas patas no aguantaron el trote. El chico estaba preocupado por la última conversación que mantuvo con Fausto Anieva. Para él, el asesino de hombres maduros era el hombre del perro. Odiaba a las mujeres ecuatorianas y por lo tanto odiaba a los hombres que se acostaban con ellas.

En la calle Fragata, Mirella Rosales cerró la puerta de su casa por dentro. Dio dos vueltas de llave y la cerradura de seguridad se ancló con un sonoro chasquido. Luego se asomó a la ventana. La calle estaba desierta; únicamente había un coche azul apostado frente al parque donde esa tarde pasearon los perros Santiago Granados y Fausto Anieva; aunque ella no los vio. Los dos agentes del coche azul escuchaban la radio y el copiloto, de vez en cuando, tomaba notas en un folio que sostenían con una carpeta.

A las once de la noche la calle Velero se despejó. La

mayoría de vecinos cenaban en las terrazas y balcones y otros se habían ido a pasear al puerto, aprovechando la reconfortante brisa marina. Hacía un calor soportable. Santiago Granados se fue andando hasta su casa, en la calle Montferrant. El escritor golpeaba las teclas de la vieja Underwood, la que sería su última novela estaba tomando forma. Y por la portería del número dos, donde vivían Moisés Guzmán y Cristina Amaya, entró el hombre del perro solo, sin *Tasco*, al cual dejó durmiendo en la silla de ruedas de su balcón. A esas horas, Cristina Amaya había bajado hasta su piso, quería dormir sola y descansar, ya que al día siguiente tenía que levantarse a las cuatro y media para ir a trabajar al bar Caprichos. En el tercero se hallaba el policía retirado Moisés Guzmán sentado en la cama y pensando que todo lo que le había ocurrido estos últimos días no era más que un sueño. El maduro policía nacional se estaba acostando con una chica veinticinco años más joven que él, sin que hubiera dinero de por medio. Estuvo tentado a vestirse y bajar hasta el piso de Cristina y decirle que la quería, pero cualquier cosa que dijera sonaría cursi.

Abrió el grifo de la ducha y estaba pendiente de meterse dentro cuando sonó el timbre de la puerta.

«Es ella», se dijo Moisés.

A esa misma hora, dos hombres cavilaban en la última planta de la comisaría de los Mossos d'Esquadra de la calle Ter, eran el comisario, Josep Mascarell, y el fiscal jefe, Eloy Sinera. Los agentes de la policía judicial se habían ido hacía apenas una hora y sobre la mesa se esparcían multitud de informes. El tablón lo cubría un plano de Blanes lleno de chinchetas y círculos rojos.

—Habría que investigar al hombre del perro —dijo el fiscal jefe.

El comisario asintió.

—Él ha estado en los dos crímenes. El primero se produjo frente a su casa y en el segundo lo vimos pasar por allí.

—Ese hombre es muy extraño, pero no nos vale como sospechoso.

—¿Por qué? —preguntó Josep Mascarell.

—El móvil —dijo el fiscal—. ¿Qué llevaría a un hombre como ese a matar a dos hombres aparentemente sin ninguna conexión y de la forma en que lo hizo?

—Todo el mundo sabe que Fausto Anieva es gay —dijo el comisario.

El fiscal se encogió de hombros.

—¿Y qué?

—Igual se entendía con esos hombres y como lo despreciaron los mató. De la forma en que se han cometido los crímenes parecen asesinatos pasionales. ¿Qué sabemos de él?

—Eso no me lo has de preguntar a mí —dijo el fiscal—. Tú eres el investigador.

El comisario llamó a un agente de incidencias de la policía judicial por el teléfono interno. En unos minutos subió desde la primera planta un policía de unos treinta años oliendo a tabaco y sosteniendo un vaso de café en su mano derecha.

—¿Me ha llamado, jefe? —dijo con semblante serio.

—Ah, pase, pase —le dijo el comisario—. Busque todos los datos que tengamos de Fausto Anieva, el hombre ese del perro que vive en la calle Velero.

Para los agentes de la comisaría no era ningún secreto que Josep Mascarell no supiera manejar los ordenadores, ni siquiera sabía introducir datos. Era un comisario chapado a la antigua con un olfato heredado de sus años en la Guardia Civil.

El agente se sentó delante de uno de los dos ordenadores que había en el despacho y comenzó a teclear, extrayendo todos los datos que había de Fausto Anieva.

38

Moisés Guzmán abrió la puerta convencido de que era Cristina Amaya la que llamaba. Se la imaginó desnuda en el rellano y con solo pensar en eso tuvo una potente erección. Al abrir le sorprendió ver a Fausto Anieva, el hombre del perro.

—Hola —saludó. Moisés no esperaba la visita de ese hombre y sus ojos irradiaron contrariedad—. ¿Qué quiere? —preguntó con desdén.

—Ah, vecino, vecino —dijo con una voz que sonó maquiavélica—. Pasaba por su portería y me he decidido a hacerle una visita.

—Es tarde —dijo Moisés—. Y tengo que ir a dormir.

Fausto Anieva oyó el sonido del grifo de la ducha y se imaginó que dentro estaría la chica ecuatoriana.

—¿Molesto? —le preguntó Fausto.

Moisés lo miró con cautela y se percató de que el otro había oído el agua de la ducha. Era la mejor excusa que podría darle.

—Oh, sí —dijo—. No estoy solo.

—Un hombre como usted no debería estar nunca solo. ¿Una chica?

—Eso no es de su incumbencia.

—Entonces... ¿un hombre?

—No, lo siento, no soy maricón —dijo Moisés, visiblemente molesto por las preguntas del hombre del perro.

En la mesita de la entrada, al lado del teléfono, tenía Moisés Guzmán una figura de bronce que representaba un caballo. Cuando compró el piso ya estaba allí y seguramente la dejó el constructor como motivo decorativo. Fausto Anieva la cogió con las dos manos.

—Es muy bonita —dijo—. Todos los pisos de esta calle tienen una. El constructor las debió de comprar a precio de saldo.

—Mire —le dijo Moisés—, tengo cosas que hacer y es tarde. Si quiere le llamaré mañana y ya charlaremos un rato, ¿le parece?

El policía retirado no quería contrariar al hombre del perro, ya que no le gustaba el cariz que estaba tomando la situación. Para sacarlo de su piso tenía que empujarle, ya que Fausto Anieva había traspasado el umbral de la entrada y se hallaba en el recibidor. El grifo de la ducha seguía manando y a Moisés no le gustaba desperdiciar el agua inútilmente, pero quería seguir haciendo creer a ese hombre que no estaba solo.

—Así que se está usted tirando a Mirella —dijo Fausto Anieva.

Moisés lo miró sonriendo.

—Me tiro a quien quiero —replicó todo lo descortés que pudo.

Moisés Guzmán no quería decirle que momentos antes había estado en su piso Cristina Amaya. Eso, desde luego, no era de su incumbencia. Y si él pensaba que la chica que estaba en la ducha era Mirella del bar Caprichos, pues peor para él.

—¿Es ella? —preguntó Fausto, mirando hacia la puerta del cuarto de baño.

Moisés se giró instintivamente, aunque sabía que allí no había nadie. Y el hombre del perro aprovechó el descuido para propinarle un fuerte golpe en la cabeza con la figura del caballo de bronce que sostenía entre las manos. Moisés Guzmán cayó desplomado al suelo.

Fausto Anieva entornó la puerta del piso y desplazó el cuerpo de Moisés, arrastrándolo por los pies, hasta el comedor. Un reguero de sangre ensució el parqué dejando una tira ancha de un color entre púrpura y negro. Fausto miró hacia la ducha, el chorro de agua caía sin cesar, lo que significaba que la chica ecuatoriana seguía duchándose. Sin ningún esfuerzo giró el cuerpo desvalido del policía retirado y lo puso boca abajo.

«Este no morirá como los otros», se dijo.

El golpe en la cabeza le había quitado el encanto del crimen impulsivo y pasional, como había planeado. Pero para Fausto Anieva aún no estaba todo perdido. Disponía de poco tiempo para rematar al maduro policía y dejar las pruebas suficientes para que la policía acusara a Mirella Rosales. Ella, se dijo Fausto, saldría de la ducha y hallaría el cuerpo en el comedor, con un fuerte golpe en la cabeza y con el corazón paralizado por una varilla metálica. Igual que los otros dos asesinados.

Del macuto que portaba al hombro extrajo una varilla metálica de treinta centímetros de largo y terminada en punta con la que había atravesado el corazón de Sócrates Algorta y Adolfo Santolaria. Fue la misma varilla que utilizó durante los seis meses de convalecencia que estuvo con la pierna escayolada. Esa varilla le mitigó el picor de la pierna cuando no podía rascarse; introducía su punta entre el yeso y la carne, y frotaba hasta que desaparecía el escozor.

En el piso de abajo, Cristina estaba a punto de meterse en la cama y escuchó el ruido del cuerpo de Moisés al caer al suelo. Pensó que a Moisés se le habría resbalado algo de las manos y solamente se le ocurrió imaginar lo agotado que estaría el pobre, después de los trotes sexuales a los que había sido sometido por ella. Cristina sonrió.

El escritor León Acebedo seguía aporreando las teclas de la máquina de escribir, dando forma al que sería su último libro. Le distrajo el ladrido de *Tasco*, el beagle del vecino del primero. Era algo normal que su perro ladrara por la noche, así que no le dio importancia y siguió escribiendo.

Pasados unos minutos el perro comenzó a aullar, algo inusual. Su dueño lo habría dejado solo, pensó el escritor. Dejó la máquina de escribir y se asomó al balcón. Sacó la cabeza lo suficiente como para ver el balcón del vecino del primero. *Tasco* estaba solo y no paraba de llorar. Fausto Anieva lo había abandonado, algo que no había hecho nunca desde que recordara el escritor.

«Qué extraño», pensó.

Desde su ventana se podía ver toda la calle prácticamente vacía. En los pisos había luz y supuso que sus moradores estarían cenando o viendo la televisión. Se metió dentro y siguió escribiendo..., pero no pudo.

Un único pensamiento le asaltaba constantemente. Ese vecino del primero, el hombre del perro, le produjo desconfianza la última vez que habló con él. Era un racista que odiaba sobremanera a las mujeres ecuatorianas, no paró de hablar mal de ellas. Y, no supo por qué, le dio por pensar que había salido en busca del policía retirado, ya que una hora antes lo había visto merodeando delante de su bloque y mirando hacia su balcón.

Se vistió y salió a la calle.

En la comisaría de los Mossos d'Esquadra, el comisario, el fiscal y un agente seguían extrayendo datos de los ordenadores de la policía. Lo primero que hizo el policía fue sacar la ficha del documento nacional de identidad de Fausto Anieva. En la fotografía estaba más joven, tendría cinco o seis años menos. El agente, nada más verlo, supo de quién se trataba.

—Este es el chalado del perro —dijo.

—¿Lo conoces? —le preguntó el comisario.

—Sí, jefe. Es muy conocido en Blanes. Vive en la calle Velero y tiene un beagle que pasea por todo el pueblo.

—¿Tiene antecedentes penales? —preguntó el comisario.

—Un momento —dijo el agente mientras tecleaba algo en el ordenador—. No, no tiene. No ha estado detenido nunca. Tuvo un accidente muy aparatoso en la carretera de la Costa Brava hace unos años y estuvo postrado en una silla de ruedas bastantes meses. ¿No se acuerdan de él?

El comisario y el fiscal jefe se encogieron de hombros.

—Andaba por todo Blanes en su silla de ruedas y con el perro atado a ella. Todo un personaje.

—¿Qué le pasó? —preguntó el comisario.

—Se rompió la pierna por varios sitios a la vez.

—¿Una silla de ruedas? —preguntó el fiscal.

—Sí —siguió diciendo el agente—. No sacó ni un céntimo de ese accidente, a pesar de intentarlo. La chica que conducía el otro coche era una ecuatoriana...

—¿Has dicho ecuatoriana? —interrumpió el comisario.

—Sí, lo que le faltaba a ese racista: que le atropellara una ecuatoriana.

El comisario, Josep Mascarell, y el fiscal jefe, Eloy Sinera, se miraron directamente a los ojos.

—El móvil —gritaron a la vez.

El agente se encogió de hombros. No sabía a qué se referían.

—Su odio hacia las mujeres ecuatorianas le hace matar a todos aquellos que se entienden con ellas —dijo el comisario.

Al fiscal le pareció un poco simple la idea, pero puesta en la cabeza de un perturbado no era nada descabellada.

—Además estuvo en silla de ruedas —dijo el fiscal.

—No te entiendo —cuestionó el comisario.

—Pues que a las víctimas las podría haber matado con una varilla metálica de esas que se usan para rascarse por dentro de las escayolas —dijo el fiscal.

—Es tan absurdo —clamó el comisario—, que puede ser cierto.

39

Fausto Anieva extrajo la varilla del macuto y le quitó la camisa al cuerpo inerte de Moisés Guzmán, que yacía tumbado de lado en el suelo. En el cuarto de baño el agua seguía cayendo.

En el piso de abajo, Cristina se impacientó al oír tanto rato la ducha. No era normal que Moisés estuviera casi media hora duchándose. «Algo está pasando allí arriba», se dijo.

El escritor León Acebedo llegó hasta la portería del número dos de la calle Velero. Había luz en los pisos del policía retirado y de la camarera del Caprichos. La puerta del vestíbulo estaba abierta, así que entró y subió por las escaleras.

En la comisaría de los Mossos d'Esquadra los agentes se preparaban para intervenir.

—¿Vas a llamar al juez? —le preguntó el fiscal al comisario.

—Oye, mira, vamos al piso del policía retirado y allí ya veremos lo que hacemos. Una orden de entrada y registro tardaría mucho en llegar. Demasiado —anunció.

En la escalera de acceso al tercer piso coincidieron Cristina Amaya y el escritor León Acebedo.

—¿Qué hace usted aquí?

—Estaba preocupado por Moisés y me he acercado a ver qué pasa.

Cristina ni siquiera preguntó qué ocurría y subió corriendo hasta la tercera planta. El escritor la siguió a varios metros de distancia, no podía correr tanto como la chica.

En la calle aparcaban varios coches de los Mossos d'Esquadra. Cuatro agentes fueron hasta el piso de Fausto Anieva, y el resto, comisario y fiscal incluidos, se dirigieron al piso de Moisés Guzmán.

La primera en llegar fue Cristina. La puerta del piso de Moisés estaba entornada y la abrió de un puntapié. Caminó deprisa hasta el comedor y al llegar soltó un alarido que alertó a los agentes que subían por las escaleras. Moisés yacía recostado en el suelo y Fausto Anieva le iba a clavar una varilla metálica en la espalda. El grito de Cristina le hizo errar el aguijonazo.

—¡Puta! —gritó el hombre del perro.

Detrás de Cristina entró en el piso el escritor, casi no podía respirar del esfuerzo.

—¿Qué ocurre? —preguntó entre sollozos estertóreos.

—Ese cabrón quería matar a Moisés.

El escritor miró al lugar donde señalaba Cristina y tan solo vio un reguero de sangre en el suelo y una varilla metálica cerca de la librería.

—¿Dónde está Moisés? —preguntó.

Cristina no se lo pensó dos veces y le soltó una fuerte patada al hombre del perro en los testículos. Fausto Anieva cayó redondo en el suelo, cerca de la mancha de sangre de Moisés Guzmán.

—Rápido —dijo la chica—. Hay que llamar a una ambulancia.

Los agentes de los Mossos d'Esquadra llegaron hasta el piso. Los primeros en acceder fueron dos policías, que alertados por el grito de Cristina portaban sus armas en la mano.

El escritor se quedó perplejo, apoyando su espalda en la pared. Si era cierto lo que la chica pelirroja le decía, allí, en el suelo, estaba el policía retirado, pero él no lograba verlo. Así que estaba a punto de morir.

A la escena llegaron el fiscal, más joven, y el último, el comisario, que casi no podía respirar del esfuerzo.

—Detengan a ese hombre —ordenó a los dos policías.

El fiscal sacó el teléfono móvil y llamó al hospital pidiendo una ambulancia.

El agua seguía corriendo en el baño. Uno de los agentes cerró el grifo.

—No hay nadie más en el piso —dijo.

Cristina se echó sobre el cuerpo de Moisés Guzmán. Su respiración era jadeante. La varilla metálica le había entrado por la espalda, pero no llegó a traspasar el corazón.

—Moisés, no te vayas —le dijo la chica—. Te quiero. No me dejes aquí sola.

Por todo el parqué había una enorme mancha de

sangre que salía de la cabeza de Moisés, el golpe de Fausto Anieva había sido fuerte.

—Por favor, señorita —le dijo uno de los agentes a Cristina—, apártese para que podamos examinar a este hombre.

El escritor vio cómo la habitación se oscurecía por momentos. Apenas podía ver la luz de la linterna de uno de los policías que no dejaba de alumbrar la mancha de sangre del suelo.

—Resiste, Moisés —gritó Cristina—. Resiste, cariño. Ya viene la ambulancia.

—¿Y la puta ecuatoriana? —preguntó Fausto Anieva desde el suelo.

Los agentes le habían colocado los grilletes en las muñecas y le torcieron las manos en la espalda. Apenas se podía mover. Y el dolor de los testículos producido por la patada de Cristina no se le pasaba.

—¿Qué mujer? —le dijo uno de los policías—. En el baño no hay nadie.

—¿Está aquí la mujer ecuatoriana? —preguntó el comisario.

Cristina los miró a todos.

—Mirella no está aquí. Aquí no hay nadie más que él —dijo, señalando a Moisés que se desangraba en el suelo—. ¿Viene esa puta ambulancia?

—¿Lo llevamos nosotros, comisario? —preguntó uno de los agentes.

—Venga, no hay tiempo que perder.

Entre dos policías y ayudados por Cristina y el fiscal, cogieron en volandas el cuerpo inerte de Moisés y lo bajaron por las escaleras.

Para el escritor solamente eran un grupo de gente cogiendo aire del suelo.

A lo lejos se escuchó la sirena de la ambulancia. Los destellos anaranjados iluminaron las fachadas de la calle Velero.

—Resiste, cariño. Resiste.

La ambulancia aparcó frente al número dos, detrás de un coche de los Mossos d'Esquadra. A Moisés lo sacaron por la puerta principal, ante la mirada expectante de todos los vecinos de la calle, que salieron de sus casas. Los balcones estaban llenos de gente.

—Ya nos hacemos cargo nosotros —dijo un médico vestido con bata blanca.

Antes de subir el cuerpo de Moisés en la ambulancia le practicaron un primer auxilio médico en la misma acera.

El médico miró a Cristina, que no paraba de llorar.

—Vivirá —le dijo. Sabía que aquello era lo que esa mujer ansiaba escuchar.

Y cuando el equipo médico subió a Moisés a la ambulancia, entonces fue cuando el escritor vio aparecer el cuerpo.

—Ahí está —murmuró—. Ahí está el cuerpo de Moisés Guzmán.

OTROS TÍTULOS DEL AUTOR

El buen padre

ESTEBAN NAVARRO

Unos sicarios secuestran a una niña de apenas siete años de edad en un barrio marginal de Medellín, Colombia. El padre, Gabriel Cortés, viaja hasta España siguiendo el rastro de su hija, que al parecer ha sido vendida a un matrimonio adinerado que no puede procrear.

Una vez en Madrid, encuentra toda clase de dificultades legales para demostrar que Belinda es su hija, hasta acabar detenido y encerrado en los calabozos de la Comisaría de Centro. Allí, Moisés Guzmán, un veterano policía nacional, decide ayudarlo a encontrar a la pequeña, para lo que tendrá que enfrentarse a una trama política y policial que los embarca en una aventura por el Madrid más oscuro.

El buen padre ha obtenido el premio de novela La Balsa de Piedra-Saramago 2011.

Los fresones rojos

ESTEBAN NAVARRO

El policía nacional Moisés Guzmán recibe una inusual oferta: pedir una excedencia y dedicarse a investigar un crimen cometido en Barcelona trece años atrás: el asesinato de un matrimonio de oncólogos y la desaparición de su hija de corta edad.

Pronto descubre que no es el primero a quien se encarga la investigación y que sus antecesores tuvieron un trágico final al cabo de cincuenta días de iniciadas las pesquisas. Guzmán no dispone más que de una pista fiable: la chica desaparecida tiene un antojo en forma de tres fresones en la base de la espalda.